FILM D'HORREUR

Biographie

R. L. Stine est né en 1943 à Colombus aux États-Unis. À ses débuts, il écrit des livres interactifs et des livres d'humour. Puis il devient l'auteur préféré des adolescents avec ses livres à suspense. Il reçoit plus de 400 lettres par semaine ! Il faut dire que, pour les distraire, il n'hésite pas à écrire des histoires plus fantastiques les unes que les autres. R. L. Stine habite New York avec son épouse, Jane, et leur fils, Matt.

Avis aux lecteurs

Vous êtes nombreux à écrire à l'auteur de la série Chair de poule et nous vous en remercions. Pour être sûrs que votre courrier arrive, adressez votre correspondance à :

Bayard Éditions
Série Chair de poule
3, rue Bayard
75008 Paris.

Nous transmettrons à R. L. Stine votre courrier.
Et bravo pour votre Passion de lire !

ILLUSTRATION DE COUVERTURE
JEAN-MICHEL NICOLLET

Chair de poule®

FILM D'HORREUR

R. L. STINE

TRADUIT DE L'AMÉRICAIN
PAR SOPHIE ALIBERT

PASSION DE LIRE
BAYARD POCHE

Titre original
GOOSEBUMPS SERIES 2000
FRIGHT CAMP

Loi n° 49-956 du 16 juillet 1949
sur les publications destinées à la jeunesse
Dépôt légal janvier 1999

ISBN : 2 227 757 01 9
ISSN : 1264 6237

Avertissement

Que tu aimes déjà les livres ou que tu les découvres,
si tu as envie d'avoir peur, **Chair de poule** est pour toi.

Attention, lecteur !
Tu vas pénétrer dans un monde étrange
où le mystère et l'angoisse te donnent rendez-vous
pour te faire frissonner de peur... et de plaisir !

1

La vengeance du terrible Docteur Cruel.
La fête foraine des monstres répugnants.
Les crabes géants contre le peuple des sangsues…
Mon frère Tyler et moi adorons ces films d'horreur. Nous admirons R. B. Farraday, leur génial réalisateur. Nous ne ratons jamais *La maison du cauchemar*, son émission de télévision hebdomadaire, et courons voir tous ses films dès leur sortie au cinéma. On peut dire que nous sommes de véritables fans !

L'hiver dernier, papa rentra un soir à la maison en affichant un sourire éclatant.

– J'ai trouvé quelque chose qui devrait t'intéresser, Andrew, me dit-il en me tendant une brochure.

Le titre géant qui barrait la couverture de papier glacé me sauta aux yeux :

LA COLO DE L'ÉPOUVANTE DE R. B. FARRADAY.

– Il… il organise une colonie de vacances ? parvins-je à articuler.

Mon père acquiesça. Je brandis la brochure sous le nez de Tyler dès qu'il entra dans la pièce. Il l'examina attentivement.
– Génial ! s'écria-t-il. Est-ce qu'on pourrait y aller cet été, Papa ?
Notre père hocha la tête en signe d'approbation. Tyler et moi nous mîmes à faire des bonds partout en criant à tue-tête tandis que nos parents nous regardaient en riant.
C'était génial !
– Laisse-moi voir ça de plus près ! s'écria Tyler.
Il m'arracha la brochure des mains et… la déchira en deux.
– Faites attention, les garçons ! protesta notre père.
– C'est exactement le genre de pensionnaires qu'il faut à cette colonie, marmonna maman. Deux monstres incontrôlables.
Ma mère dit que nous sommes des monstres dès que nous manifestons un peu trop fort notre joie. J'ai douze ans, et mon frère dix, mais elle pense que nous devrions déjà savoir nous comporter comme des adultes. Quelle drôle d'idée !
Quand nous eûmes cessé de hurler et de sauter dans tous les coins de la pièce, papa nous aida à recoller les deux parties de la brochure.
– Je ne sais pas si c'est vraiment une bonne idée, dit-il en me tendant le dépliant rafistolé. Cet endroit a l'air vraiment effrayant. Vous risquez d'avoir très peur.
– Ça, c'est sûr, dis-je en roulant des yeux.

– Ouais ! Je tremble déjà ! s'exclama Tyler en se trémoussant comme un fou.

Mon frère adore faire le clown.

Nous avons tous les deux les cheveux châtains et les yeux marron. Mais moi, j'ai toujours l'air sérieux alors que Tyler fait sans cesse des grimaces pour amuser la galerie.

C'était incroyable ! Cette colo avait absolument tout ! La Forêt hantée, le Lac des zombies aquatiques...

– Je ne pourrai jamais patienter jusqu'au mois de juillet ! m'écriai-je, au comble de l'excitation.

– J'aimerais déjà y être ! s'exclama Tyler.

Bien sûr, nous ne pouvions pas nous douter à ce moment-là que la colonie serait très différente de ce que nous avions rêvé. Nous ne pouvions pas imaginer les choses effrayantes qui nous attendaient là-bas, au plus profond des entrailles de la Caverne sans retour.

2

– Génial ! !

Tyler et moi étions fous de joie. Roulant à vive allure, le bus qui nous conduisait au camp de vacances venait de rebondir sur une bosse, projetant tous les passagers hors de leurs sièges.

– Vous croyez que R. B. Farraday a conçu lui-même ce bus pour que nous soyons bien secoués ? demanda soudain Meredith Friedman.

Elle et sa sœur Elizabeth étaient assises juste derrière Tyler et moi. Nous venions de faire leur connaissance et elles avaient l'air plutôt sympa.

Le bus fit soudain une embardée en prenant un virage et déboucha dans une plaine parsemée de fermes.

– Est-ce qu'on arrive bientôt ? cria un garçon.

– Est-ce qu'on arrive bientôt ? Est-ce qu'on arrive bientôt ?

Nous répétâmes joyeusement la phrase en chœur.

Bientôt les champs firent place à des rangées de

grands arbres et la route s'engouffra dans une épaisse forêt.
– Ils vont nous projeter un film de R. B. Farraday chaque soir, dit Meredith. C'est super, non ?
– Tyler et moi les avons déjà tous vus, me vantai-je. Au moins six fois chacun.
– Mais j'ai encore envie de les revoir, ajouta Tyler.
Elizabeth parut soudain inquiète :
– J'espère que nous n'allons pas faire *que* des choses effrayantes. Tu crois qu'il y aura aussi des activités « normales » ?
Meredith la regarda en ricanant :
– Que voudrais-tu faire, Lizzy ? Des colliers tressés et de petits animaux en papier plié ?
Elizabeth rougit :
– En fait...
J'ouvris la bouche pour dire quelque chose. À cet instant, le conducteur donna un coup de frein brutal et je m'écrasai dans l'allée. Tout le monde hurla. Je rebondis sur le sol au moment où le véhicule achevait de s'immobiliser dans un affreux grincement. Alors que je regagnais mon siège, le chauffeur poussa un cri de colère qui me fit tressaillir.
Des bruits étranges parvinrent à mes oreilles. On aurait dit la respiration d'une personne essoufflée. Je me retournai et vis un homme masqué vêtu de noir des pieds à la tête. Il avait pénétré à l'intérieur de l'habitacle.
– Vous n'avez pas le droit d'être ici ! protesta le chauffeur. Sortez tout de suite !

Pour toute réponse, l'homme marmonna quelques paroles incompréhensibles, puis tendit ses mains gantées de noir droit devant lui. Il saisit le chauffeur par la chemise et le souleva de son siège.
– Lâchez-moi ! s'écria le chauffeur.
C'était un petit homme maigre et vieux ; il portait des lunettes aux verres épais.
Il n'était pas de taille à se mesurer à l'homme en noir ; pourtant il fit preuve de courage, se débattant comme il pouvait. Quelques passagers pris de panique s'étaient mis à crier. La gorge serrée, Tyler et moi observions la scène dans un silence consterné. Soudain les deux hommes heurtèrent le pare-brise. L'homme en noir serrait de ses deux mains la gorge du conducteur.
– Partez, les enfants ! parvint à articuler celui-ci en suffoquant. Partez… vite !
Mais personne ne bougea de sa place. Tandis qu'une profonde angoisse étreignait nos poitrines, nous vîmes l'homme en noir soulever le malheureux chauffeur… et le projeter hors du bus par la porte ouverte.
Horrifiés, nous nous précipitâmes vers les fenêtres. Le chauffeur dégringola du véhicule, roula sur le bas-côté, puis s'immobilisa le visage dans la boue. L'homme en noir referma violemment la porte du bus et se glissa au volant. Dans un crissement de pneus, le véhicule redémarra en trombe. Les enfants hurlaient de terreur.
– Arrêtez… ! cria une fille en sanglotant.

– Laissez-nous sortir d'ici ! implora une de ses camarades.
Le bus fit une brusque embardée, propulsant plusieurs passagers dans le couloir central. Notre nouveau chauffeur, absorbé par la conduite, ignorait les cris et les pleurs qui résonnaient autour de lui. Il continuait à rouler à une allure infernale.
– Mais qui est cet homme ? cria Meredith en se penchant par-dessus le dossier de nos fauteuils. Où nous emmène-t-il ?

3

Le hurlement d'un klaxon retentit soudain. Un énorme camion nous dépassa dans un rugissement de moteur. Nous fîmes une nouvelle embardée. Tout le monde criait.

Tyler explosa de rire.

– Que… qu' y a-t-il de si drôle ? bégaya Elizabeth.

– Vous n'avez pas compris ? s'écria mon frère, qui devait hausser la voix pour couvrir le vacarme qui régnait dans le bus. Tout ça, c'est de la comédie.

– Quoi ? ? ?

S'agrippant aux dossiers de nos fauteuils, les deux sœurs le regardèrent, ébahies.

– Mais bien sûr ! Tu as raison ! m'écriai-je, soulagé. C'est exactement comme dans *Les vacances du cauchemar infini*. Un mort vivant s'empare d'un bus de campeurs et emmène tout le monde pour un voyage qui ne finit jamais. Les passagers sont tellement terrorisés qu'ils ne peuvent plus s'arrêter de hurler !

– Exactement ! s'exclama Tyler en frappant sa main dans la mienne.
– C'est juste une mise en scène, dis-je aux deux filles pour les rassurer. Ça doit faire partie des surprises de la colo. Nous n'en sommes certainement plus très loin.
Le bus dévia violemment vers la droite. Les passagers suppliaient le chauffeur de stopper l'engin.
– Moi, je ne trouve pas ça très drôle, dit Meredith en faisant la moue.
– C'est à la Colo de l'Épouvante qu'on va, tu ne l'as pas oublié ? ajouta Tyler. Donc, ça *doit* être effrayant.
Verte de peur, Elizabeth se rejeta en arrière dans son siège, les bras croisés sur sa poitrine.
– Vous allez voir que dans quelques instants le type en noir va nous faire entrer dans le camp, leur dis-je. Puis il arrachera son masque et nous souhaitera la bienvenue.
– Regardez ! s'écria Tyler en désignant quelque chose à l'extérieur.
Un grand panneau annonçant la colo apparut devant nos yeux. Il proclamait en lettres rouge sang : CE CHEMIN VOUS MÈNE À VOTRE PERTE !
Une flèche verte dégoulinante désignait la route droit devant nous.
– Vous voyez ? m'écriai-je. J'avais raison ! Regardez, voici l'entrée.
Une autre flèche, dirigée vers une large allée, indiquait : ENTREZ ICI.

Tyler et moi hurlâmes de joie, très fiers d'avoir compris le tour que l'on nous avait joué.
Puis un lourd silence s'abattit à l'intérieur du bus. Tout le monde regardait par les fenêtres, s'attendant à ce que le chauffeur tourne et entre dans le camp de vacances.
Mais l'énorme flèche indiquant l'entrée défila devant nos yeux. Nous venions de la dépasser !
– Vous avez raté le virage ! hurlai-je au chauffeur.
– Faites marche arrière ! s'exclama un garçon derrière moi.
À travers la vitre arrière je pouvais voir l'écriteau rapetisser à mesure que nous nous en éloignions.
Toujours penché au-dessus de l'énorme volant, le chauffeur poursuivait sa route à vive allure, sourd à nos protestations.
Après quelques instants, il brancha le haut-parleur et déclara d'une voix glaciale :
– Rasseyez-vous immédiatement. Nous n'allons pas à la colo ; j'ai d'autres projets pour vous.

4

Des hurlements d'horreur retentirent. Tyler et moi échangeâmes un regard terrifié. Jusque-là, nous étions persuadés que tout ça n'était qu'une mise en scène. Mais à présent le bus nous emmenait de plus en plus loin de notre destination. Nous nous recroquevillâmes tous les deux dans nos sièges, le cœur battant, le souffle court.

– Où nous conduit-il ? murmura Tyler.

Avant que j'aie pu lui répondre, le bus prit un virage serré, nous projetant tous sur le côté droit du véhicule. Nous roulions sur un chemin bordé de grands arbres sombres.

– Il… il nous emmène dans la forêt, bégaya Elizabeth à voix basse.

Mais, soudain, il n'y eut plus un seul arbre en vue, et le bus pénétra en cahotant dans un champ verdoyant.

De petites cabanes se dressaient sur le flanc de la colline. Un large portail surmonté d'un panneau

indiquant BIENVENUE À LA COLO DE L'ÉPOUVANTE apparut devant nos yeux.
– Quoi ? m'écriai-je. Nous sommes arrivés ?
Le bus franchit l'entrée, puis parcourut quelques mètres avant de s'arrêter en face d'un long bâtiment en bois.
Le chauffeur se redressa sur son siège et alluma une nouvelle fois le haut-parleur.
– Bienvenue à tous. Vous avez eu peur ?
– Oui ! hurla l'assemblée en chœur.
Des soupirs de soulagement s'élevèrent un peu partout autour de moi. Comme mes camarades, je me sentis soudain si soulagé que je ne pus m'empêcher d'éclater de rire. Certains passagers étaient livides, quelques-uns sanglotaient toujours.
– C'est ici la *véritable* entrée du camp, annonça le chauffeur. La flèche que vous avez vue tout à l'heure sur la route était fausse.
Il retira son masque noir. C'était un jeune homme blond, aux dents en avant.
– J'espère que je vous ai flanqué une belle frousse, dit-il en souriant. Bien sûr, ce n'est qu'un début. Le cauchemar ne fait que commencer.

Plusieurs animateurs vêtus de shorts et de T-shirts verts étaient là pour nous accueillir. Je sautai hors du bus et étirai mes muscles engourdis. C'était tellement agréable de respirer un peu d'air frais, et de ne plus être dans ce car de malheur !
Tout en suivant le groupe vers la grande cabane en

rondins, le bâtiment principal, je parcourais du regard les environs.

Au pied de la colline, j'aperçus un manège.

– C'est le Tourbillon des hurlements, l'attraction que l'on voit dans *La fête foraine des monstres répugnants*..., dis-je à Tyler.

Mais il ne m'entendit pas. Il parlait avec deux garçons et pointait son doigt en direction de la piste de karting située un peu plus loin, en contrebas des arbres.

« Et ça, c'est la piste filmée dans *Les karts du royaume maléfique* », pensai-je.

C'était super ! On se serait cru dans un film de R. B. Farraday !

Dans la lumière éblouissante du soleil je découvris un chemin bordé de cabanes qui menait à un lac.

« Est-ce le Lac des zombies aquatiques dont parlait le dépliant ? » me demandai-je.

– J'aimerais bien savoir quel film il vont nous projeter ce soir, dit un garçon derrière moi.

– Pensez-vous que R. B. Farraday est ici ?

– Est-ce qu'on le rencontrera ?

Nous étions tous très excités. Nous avions envie de courir dans tous les sens, de tout voir et de tout faire. Mais nous dûmes d'abord suivre les animateurs à l'intérieur de la grande cabane en rondins pour nous inscrire aux différentes activités. Je choisis critique de films, natation et création d'affiches de films d'horreur.

Je cherchai Tyler du regard et constatai qu'il était

loin derrière moi dans la file, en grande discussion avec ses nouveaux amis. Nous remplîmes de nombreux papiers, dont un formulaire pour l'infirmière du campement.

Une fois les formalités administratives effectuées, on nous indiqua nos cabanes.

Mon frère et moi nous rendîmes dans la cabane n° 3. Elle se trouvait à peu près à mi-chemin entre la colline et le lac. Elle était petite et meublée seulement de deux lits superposés et dc deux armoires.

Quelqu'un s'était déjà approprié le lit qui était près de la fenêtre et avait empilé ses affaires dessus.

– On va faire un tour ? demanda Tyler avec impatience.

Je fourrai mes vêtements dans l'une des armoires, puis poussai ma malle sous notre lit superposé :

– On y va !

En sortant de la cabane, nous tombâmes nez à nez avec l'un des animateurs. Il était très grand et maigre. Il ressemblait à un manche à balai surmonté d'une touffe de cheveux blonds.

– Salut, les gars ! Je m'appelle Gus, je suis l'animateur responsable de la cabane n° 3.

Un beau sourire éclairait son visage. Tyler et moi nous présentâmes à notre tour.

– La cabane n° 3 est la meilleure ! s'exclama Gus avec enthousiasme. Avez-vous rencontré Jack et Chris ? Ils partagent votre chambre. Vous allez jeter un coup d'œil sur les environs ?

– C'est ça !

Nous commençâmes à descendre la colline.
– Juste une petite chose ! cria Gus dans notre dos.
Nous nous tournâmes vers lui.
– Ne pénétrez surtout pas dans la Caverne sans retour.
Ses yeux bleus brillèrent d'un éclat étrange :
– Vous savez pourquoi ?
J'essayai de deviner :
– Parce que nous n'en reviendrions pas ?
Gus éclata de rire :
– Tu as tout compris.
Puis son sourire s'évanouit.
– Faites vraiment attention, les gars, ajouta-t-il en parlant plus bas. Cette colo… n'est pas exactement ce que vous pensez.
– Que voulez-vous dire ? demanda Tyler.
Mais Gus ne répondit pas. Il tourna les talons et remonta rapidement le chemin en direction du bâtiment principal.
Tyler et moi ne savions plus où donner de la tête. C'était vraiment difficile de choisir notre première destination ! Nous suivîmes un sentier qui serpentait au milieu des arbres et arrivâmes bientôt face à un panneau formé de flèches. Elles partaient dans toutes les directions, indiquant les différentes parties du campement.
LA FORÊT HANTÉE – TOUT DROIT.
LE LAC DES ZOMBIES AQUATIQUES – À DROITE.
LA FOSSE AUX SABLES MOUVANTS – À GAUCHE.

LA MINE DES ÂMES PERDUES…
LA CAVERNE SANS RETOUR…
LA CABANE FANTÔME…

– Super ! C'est comme dans les films de R. B. Faraday ! s'exclama Tyler. Tout y est !

J'ouvris la bouche pour lui répondre, mais un cri de terreur me figea sur place.

– Aidez-moi ! hurlait un garçon.

5

Le hurlement venait de derrière le bosquet. Nous aperçûmes un garçon roux dont la main était coincée à l'intérieur d'un trou creusé dans un tronc d'arbre. Nous nous précipitâmes vers lui. Elizabeth et Meredith accoururent aussi, intriguées par les cris.

– À l'aide ! gémissait le rouquin. Il y a un nid de guêpes là-dedans. Elles sont en train de me piquer !

Les insectes bourdonnaient furieusement. Le pauvre garçon gigotait dans tous les sens, tirant de toutes ses forces sur sa main. Des gouttes de sueur ruisselaient sur son visage.

– Ma main est gonflée, gémit-il. Je ne peux pas la sortir.

– Laisse-moi t'aider, dis-je en prenant une profonde inspiration.

Je saisis son bras et me mis à tirer en priant que les guêpes ne me piquent pas.

– Vas-y, n'aie pas peur de me faire mal, suppliait le malheureux.

Bientôt, le bourdonnement des guêpes à l'intérieur se transforma en une sorte de mugissement.

– Dépêche-toi ! Tire ! implorai-je.

Je regardai le garçon et vit qu'un radieux sourire illuminait son visage. Il sortit sa main du guêpier et la leva devant mes yeux. Elle n'était ni rouge ni gonflée, et ne portait aucune trace de piqûre. Il rejeta la tête en arrière et éclata de rire. Nous étions stupéfaits. Je me penchai sur le tronc et examinai le nid de guêpes de plus près. Il était en plastique et relié à l'arbre par un fil électrique. À l'intérieur, une petite enceinte diffusait le son du bourdonnement.

– C'était une blague, dit le rouquin.

Il se présenta. Son nom était Jack Harding. Il portait un short noir et un T-shirt gris, sur lequel était inscrit COLO DE L'ÉPOUVANTE en lettres rouge sang dégoulinantes.

– Mon ami Chris et moi sommes arrivés ce matin et nous avons trouvé ça, nous dit-il, ramenant ses cheveux en arrière.

– Vous êtes dans la cabane n° 3 ? demandai-je.

Il acquiesça.

– Nous aussi, déclarai-je. Voici Tyler, mon frère.

– Chouette, répondit Jack. J'ai passé ma journée à explorer le campement. Cet endroit est génial. Je veux dire pour quelqu'un qui aime les choses effrayantes.

– Nous, on aime ça ! répondit Meredith. Sinon, on ne serait pas là !

– Est-ce que tout est truqué ici ? demanda Elizabeth.

Avant que Jack ait pu répondre, un second garçon aux longs cheveux noirs ramenés en queue de cheval sortit du bois. Il était grand et de carrure athlétique. Un T-shirt de la Colo de l'Épouvante retombait sur son short.
– Voici mon ami Christian Kretschmer, dit Jack.
– Vous pouvez m'appeler Chris, dit celui-ci en enlevant un insecte pris dans sa chevelure et en le projetant d'une chiquenaude sur Jack.
– Je leur ai fait la blague du nid de guêpes, annonça fièrement Jack. Ils ont marché !
Chris ricana.
– Chris et moi, nous sommes allés dans tous les coins du campement, poursuivit Jack.
– Alors, est-ce que tout est truqué ? répéta Elizabeth.
Le sourire de Jack disparut instantanément.
– Non, certaines choses sont bien réelles, répondit-il évasivement.
– Comme quoi ? demanda Tyler.
Chris et Jack marquèrent un temps d'hésitation.
– Vous allez le découvrir par vous-mêmes, fit calmement Chris.
– Non... soyez sympa, dites-le-nous, insistai-je. Qu'est-ce qui est vrai ?
– Ça, par exemple, dit Jack en désignant un cercle de sable doré au milieu de l'herbe verte.
Je n'arrivai pas à lire l'inscription sur le panneau en bois planté à côté.
– C'est la Fosse aux sables mouvants, dit Chris.
– Quoi ? C'est vraiment des sables mouvants ? m'écriai-je, interloqué.

Jack et Chris hochèrent tous les deux la tête.

– Nous avons entendu dire qu'un des animateurs est tombé dedans la semaine dernière, juste avant l'ouverture du campement, dit Chris dans un murmure. Il a été englouti en quelques secondes.

– Tu plaisantes, j'espère ? dis-je. C'est encore une blague, pas vrai ?

Jack jeta un coup d'œil inquiet en direction de la Fosse.

– Tu verras bien…, ajouta-t-il.

6

Tyler et moi continuâmes à explorer les lieux. Nous allâmes voir la plage et le lac. Je ne pouvais pas m'empêcher de jeter de temps à autre des regards anxieux en direction de la Fosse aux sables mouvants. Jack voulait-il nous impressionner ?

Tandis que Tyler se précipitait en courant vers les deux garçons qu'il avait rencontrés dans le bus, des coups de sifflet retentirent.

– Réunion de la colo au quartier général ! cria un animateur en uniforme vert.

Arrivant de tous côtés, garçons et filles s'engouffrèrent dans le bâtiment principal. Vu de l'extérieur, il ressemblait à une simple cabane en rondins, mais en réalité il comptait deux étages et était aussi grand qu'une grange. À l'intérieur, une rangée de petites pièces se succédaient sur la gauche, le long du hall d'entrée.

Notre groupe fut conduit dans une pièce gigantesque. Une immense cheminée en pierre se dressait à chacune des extrémités de la salle. Celle-ci était décorée d'affiches de films de R. B. Farraday et des rangées de grandes tables en bois occupaient son centre. Un panneau indiquait : RÉFECTOIRE ET SALLE DE RÉUNION.

Les animateurs nous firent signe de nous asseoir autour des tables. Je trouvai une place au second rang, tout près de garçons plus âgés que moi. Soudain, un animateur se planta devant nous.

– Les deux mains sur la table, les gars, nous ordonna-t-il. Plus vite !

Je poussai un cri de stupéfaction en le voyant prendre sous la table de gros câbles noirs, avec lesquels il entreprit d'attacher nos poignets.

– Des menottes ? On nous arrête ? interrogea une voix inquiète.

Tout le monde explosa de rire.

Je me sentais mal à l'aise. Les animateurs se déplaçaient à toute vitesse entre les tables et attachaient tout le monde. La terreur m'envahit lorsque je sentis à travers les câbles la vibration d'un courant électrique. Je tirai sur les liens : ils étaient fermement serrés. Je perçus un nouveau frémissement autour de mes poignets. Je jetai un coup d'œil derrière moi. À la table d'à côté, Meredith et Elizabeth, poignets ligotés, discutaient vivement. Derrière elles, Chris se disputait avec les animateurs.

– Ça ne va pas ? criait-il. Vous n'avez pas le droit de faire ça !

Il dissimula ses mains derrière son dos et se leva

d'un bond. Mais trois des animateurs l'attrapèrent et le firent asseoir de force. Ils saisirent ses deux mains et les attachèrent.

– Toi, tu es une forte tête, dit l'un des hommes. Comment t'appelles-tu ? Nous allons t'avoir à l'œil.

« Pourquoi Chris est-il si effrayé ? » me demandai-je.

Au même instant, un colosse vêtu d'une blouse blanche de laboratoire s'avança dans la pièce. Il leva ses deux mains énormes pour nous faire taire.

– Bienvenue à vous, prisonniers ! beugla-t-il.

Nous nous mîmes tous à rire. Le nouvel arrivant avait des yeux d'un gris glacial et un gros nez épaté qui semblait avoir été cassé à plusieurs reprises. Il était presque chauve et une cicatrice sombre partant de l'un de ses sourcils parcourait son front. Deux animateurs se précipitèrent vers lui et lui parlèrent à l'oreille en désignant Chris. L'homme jeta un regard menaçant sur le garçon.

– Mon nom est Alonso, annonça-t-il dès que le silence fut revenu. Je suis le gardien assistant.

« Gardien ? Prisonniers ? Mais que se passe-t-il ici ? » me demandai-je.

Un sourire apparut soudain sur le visage d'Alonso. Ses yeux gris pétillaient.

– Bienvenue à la Colo de l'Épouvante ! tonna-t-il en se frottant les mains. Nous allons faire de notre mieux pour vous flanquer de belles frousses cet été.

– Pourquoi sommes-nous attachés ? demanda un garçon d'une voix tremblante de colère.

Je me retournai pour voir qui venait de parler. C'était Jack.

– Laissez-nous partir ! criait Chris, hors de lui.

Je sentis un nouveau picotement d'électricité contre mes poignets. Alonso lança un regard furieux à mes deux compagnons de chambre.

– Comment vous appelez-vous ? demanda-t-il en se dirigeant vers eux d'un pas lourd.

Effrayés, les deux garçons dirent leurs noms.

– Dans quelle cabane êtes-vous installés ?

Ils hésitèrent un instant, puis Chris avoua :

– La cabane n° 3.

Un sourire étrange illumina le visage d'Alonso.

– Nous allons bien nous occuper de vous, déclara-t-il d'un ton glacial. Comptez sur nous pour vous réserver un traitement particulier. À partir de maintenant, la cabane n° 3 est notre cabane préférée.

7

Alonso fit demi-tour et revint à grandes enjambées vers l'extrémité de la salle.

– J'ai une merveilleuse surprise pour vous, annonça-t-il de sa voix sourde. J'ai le plaisir de vous présenter le directeur de la colonie. Ses trente-cinq films lui ont valu le titre de l'homme le plus effrayant de la terre ! Accueillons comme il se doit R. B. Farraday !

J'essayai d'applaudir, mais les câbles serrés autour de mes poignets entravaient mes mouvements. Lorsque R. B. Farraday apparut enfin, quelques exclamations de surprise s'élevèrent dans la salle. Il n'était pas du tout comme nous l'avions imaginé. Vêtu d'un T-shirt noir, d'un bermuda noir et de sandales, il marchait en traînant les pieds. Ses jambes, tout comme ses bras, étaient aussi maigres que des cure-dents. De plus il était si petit qu'il arrivait à peine à l'épaule d'Alonso. Son visage mince était surmonté de cheveux bruns méticuleusement lissés ;

sa barbe noire, avec une tache grise au centre, était taillée avec soin. Il portait autour du cou une chaîne avec, comme pendentif, un crâne d'argent aux yeux rouges étincelants.
C'était incroyable ! J'étais dans la même pièce que le plus célèbre réalisateur de films d'horreur du monde entier !
Un bloc-notes à la main, M. Farraday se hissa sur un haut tabouret de bois et nous regarda longuement les uns après les autres.
– Je vous remercie pour cet accueil chaleureux, dit-il finalement.
Sa voix était si basse qu'on aurait dit un murmure.
– C'est un été merveilleux pour moi, poursuivit-il en posant son bloc-notes sur ses genoux osseux. Comme Alonso vous l'a dit, j'ai tourné trente-cinq films. Mais ce n'était que du cinéma. Cette colo m'offre enfin l'opportunité de donner vie à mes œuvres. Et vous allez tous en être les acteurs !
Nous l'acclamâmes. Les câbles tiraient sur mes poignets.
– Pourquoi devons-nous être attachés ? m'écriai-je.
Plusieurs autres questions s'élevèrent dans la pièce au même moment.
D'un air sévère, Alonso nous fit signe de rester calmes. M. Farraday nous sourit.
– Certains d'entre vous ont-ils vu mon film intitulé *La vengeance du terrible Docteur Cruel ?* demanda-t-il.
– Oui, hurlèrent plusieurs personnes.

– Alors, vous connaissez déjà le Compteur de la terreur, dit M. Farraday. Ces fils électriques vous y connectent tous. Je vais vous faire une démonstration. Alonso, peux-tu choisir un cobaye ?
Alonso se dirigea en grognant vers les tables, ses yeux gris balayant la pièce.
Cela faisait longtemps que je n'avais pas revu *La vengeance du terrible Docteur Cruel*, et j'avais oublié ce qu'était le Compteur de la terreur.
Alonso leva son énorme main et pointa son doigt.
– Faisons la démonstration sur celui-ci, dit-il. C'est une forte tête.
– Non, protesta Chris en hurlant. Pas moi !
Il se débattait de toutes ses forces pour libérer ses mains. Tout le monde se tourna vers lui.
À l'extrémité de la pièce, M. Farraday enclencha des boutons sur un pupitre de commande, puis il actionna un interrupteur électrique sur le mur. Un grésillement retentit.
– Nooooon ! suffoqua Chris.
Il fut violemment secoué sur son siège. Sa tête s'abaissa brusquement. Puis il se leva d'un bond et commença à sautiller sur place, le corps secoué violemment.
M. Farraday appuya une nouvelle fois sur l'interrupteur. Des hurlements retentirent.
Je laissai échapper un rire.
– C'est une blague, dis-je au garçon assis près de moi.
Mais au même instant il y eut claquement sec. Chris s'effondra sur la table.

8

– Éteignez tout ! hurla M. Farraday en se précipitant sur le pupitre de commande.

Alonso attrapa Chris par les épaules et le secoua. Tandis qu'une partie de l'assistance poussait des cris de terreur, j'essayais de reprendre mon souffle, le cœur battant à tout rompre.

– Est-ce qu'il va bien ? demanda M. Farraday. Est-ce qu'il est vivant ?

– Il survivra, répondit froidement Alonso.

Il fit signe à deux animateurs.

– Sortez-le d'ici ! ordonna-t-il.

Alonso desserra les liens qui entravaient les poignets de Chris. Les animateurs soulevèrent le corps inanimé et emmenèrent le garçon hors de la pièce. La porte se referma derrière eux avec un bruit sourd. M. Farraday semblait nerveux ; il demanda à Alonso de le rejoindre.

– Nous ferions mieux de réduire l'intensité du courant pour le prochain groupe, lui dit-il.

Alonso se frotta les mains, un mauvais sourire aux lèvres.
– C'est bien plus drôle ainsi !
M. Farraday s'immobilisa et planta ses yeux dans ceux de son assistant.
– Tu es trop malveillant. J'aurais mieux fait de te laisser moisir dans ta cellule de prison. Tu n'as peut-être pas changé, après tout ?
« La prison ? Pourquoi dit-il ça ? Il doit savoir que nous pouvons tous l'entendre ? » m'interrogeai-je.
– Est-ce que Chris va bien ? lança Jack du fond de la pièce.
Mais le réalisateur ignora sa question, trop occupé à défier Alonso du regard.
– Désolé, dit-il en se tournant vers nous après quelques instants. La colonie vient d'ouvrir ses portes, et le matériel est tout neuf. Il nous reste encore quelques détails à régler.
Puis il s'adressa à son assistant :
– Va chercher notre invité spécial, Alonso.
L'air préoccupé, M. Farraday remonta sur le tabouret. Il était si chétif qu'il me fit penser à un insecte bizarre.
– C'est étrange, dit-il à voix basse. Ce qui est arrivé à Chris est exactement ce qui se produit dans le scénario de *La vengeance du terrible Docteur Cruel*...
Au bout de plusieurs minutes il releva la tête.
– Beaucoup d'entre vous croient que mon camp est un ensemble d'attractions truquées, spécialement créées pour faire peur, dit-il. Mais ma conviction

personnelle est que l'horreur doit être vraie.
Ses yeux sombres étaient plongés dans les miens.
– L'horreur doit être réelle, sinon ce n'est pas effrayant, ajouta-t-il.
Un frisson de peur me parcourut le dos.
« Dit-il cela pour nous mettre dans l'ambiance ? me demandai-je. Ou est-il complètement fou ? »

9

Je fixais M. Farraday, attendant désespérément qu'il se mette à sourire. Qu'il avoue que Chris avait joué la comédie, qu'il n'y avait pas eu de décharge électrique, que tout ça n'était qu'une plaisanterie.
Mais son visage demeura grave. Soudain un grondement sourd nous fit nous tourner vers le fond de la pièce. Les portes s'ouvrirent lentement devant nos yeux, laissant apparaître les barreaux d'une cage en métal. Une forme énorme et sombre était recroquevillée à l'intérieur.
Un gorille !
Aidé d'un animateur, Alonso poussa la cage à travers la pièce. Tout à coup, l'animal saisit les barreaux de ses deux mains velues et se mit à bondir dans tous les sens en poussant des grognements. On aurait dit qu'il venait de reconnaître M. Farraday.
Le singe se redressa sur ses pattes au moment où Alonso fit pivoter la cage vers nous. Il poussa un

rugissement féroce et se projeta violemment contre les barreaux, provoquant les hurlements de terreur des plus jeunes membres de la colo.
Perché sur son tabouret, M. Farraday regarda l'animal avec méfiance, puis se tourna vers nous.
– Voici notre invité spécial, annonça-t-il. Vous êtes probablement étonnés de voir un gorille dans une colonie de vacances. Sachez que ce n'est qu'une des nombreuses surprises que je vous ai préparées.
– C'est Rocco ! s'écria soudain Tyler.
M. Farraday afficha un sourire radieux :
– Tu l'as reconnu ! Très bien ! Combien d'entre vous ont vu mon film *Les conquérants de la planète des gorilles ?*
Les câbles m'empêchèrent de lever la main. Des murmures s'élevèrent partout dans la pièce. *Les conquérants de la planète des gorilles* était un des films les plus célèbres de R. B. Farraday.
L'animal n'avait pas l'air d'apprécier le bruit. Sa fourrure se hérissa, et il émit un grognement de mécontentement.
– Rocco tenait le rôle principal dans ce film, continua M. Farraday. C'était notre meilleur acteur. Nous n'avions jamais à lui demander d'être plus effrayant. Et il travaillait pour des cacahuètes, lui !
Le gorille renversa sa grosse tête en arrière et poussa un rugissement effroyable.
M. Farraday se tourna vers Alonso.
– Sois prudent avec lui, ordonna-t-il. Il est dangereux. Il a blessé son dresseur la semaine dernière.

Le pauvre gars est toujours à l'hôpital, et...
Le réalisateur ne termina pas sa phrase. Le gorille venait de se jeter sur la porte de la cage, qui s'ouvrit à la volée.
– Alonso ! hurla le réalisateur. Tu avais laissé la porte ouverte ! Referme-la tout de suite !
Alonso plongea vers la cage, mais il était trop tard. Dans un déchaînement de rage, le gorille se précipita hors de sa prison. Il sauta lourdement sur le sol, puis avança en se balançant sur ses pattes.
– Arrêtez-le !
Les hurlements stridents de l'assemblée couvraient les cris du réalisateur. Tout en grondant, le gorille balaya la pièce du regard, puis se dirigea vers ce dernier. Alonso tenta d'arrêter l'animal en lui sautant sur le dos, mais le singe se débarrassa de lui comme d'un vulgaire insecte.
Voyant la menace approcher, M. Farraday fit plusieurs pas en arrière. Il se retrouva bientôt collé à la cheminée.
– Que quelqu'un l'arrête ! hurla-t-il. Ce gorille est un tueur !
La pièce résonnait de cris et de lamentations. Nous nous débattions tous pour tenter de défaire nos liens et nous enfuir. Mais nous étions fermement attachés et ne pouvions faire le moindre geste.
Le gorille passa à côté du réalisateur sans lui adresser un regard. Puis il commença à marcher d'un pas lourd en direction de ma table, ses bras massifs tendus devant lui.

– Nooooon !
Je laissai échapper un cri de terreur au moment où ses énormes mains se rapprochaient de moi.

10

Je me baissai à l'instant même où le gorille refermait ses bras. Sa fourrure balaya le sommet de mon crâne et je sentis un léger courant d'air au-dessus de ma tête. Un faible gémissement s'échappa de ma gorge.

L'énorme créature s'éloigna de ma table, rejeta la tête en arrière et poussa un rugissement qui fit trembler les murs. Soudain un cri retentit. Un animateur en uniforme vert venait de faire irruption dans la pièce.

– Baissez-vous tous ! cria-t-il.

Nous plongeâmes sous les tables comme nous pûmes tandis qu'il épaulait un fusil de chasse.

– Non ! Carl, ne le tue pas ! protesta M. Farraday. Ne fais pas ça !

L'animateur visa. Une explosion déchira le vacarme. Le gorille poussa un grognement de surprise. Ses énormes bras tombèrent le long de son corps. Sa gueule s'ouvrit et ses yeux sombres semblèrent nous regarder d'un air étonné.

Il laissa échapper une plainte aiguë, puis porta les mains à sa poitrine et bascula en avant.
Il s'écroula sur le sol dans un grand bruit et ne bougea plus.

11

Peu à peu, les gémissements et les sanglots cessèrent. La pièce redevint silencieuse. Je me redressai sur ma chaise, le souffle court. Je frissonnai en repensant au contact de la fourrure du gorille sur ma tête. Alonso et deux animateurs s'approchèrent du singe. L'assistant retira un objet du dos de l'animal et le tendit au réalisateur.

– C'est une flèche anesthésiante, annonça M. Farraday en levant celle-ci afin que chacun puisse la voir. Nous n'aurions jamais fait le moindre mal au meilleur des acteurs de notre studio.

Il pouffa de rire. Autour de moi tout le monde poussa des soupirs de soulagement.

– Bon boulot, les gars, déclara M. Farraday.

Alonso et les animateurs redressèrent le gorille hébété sur ses pieds. Sa grosse tête roula sur ses épaules. Ils repoussèrent le singe à l'intérieur de sa cage.

– Alors, est-ce qu'on vous a vraiment fait peur ? demanda M. Farraday en souriant. Vous y avez cru ?

Les animateurs passèrent de table en table pour nous libérer.
Mon cœur battait toujours à tout rompre. Je regardai M. Farraday avec attention. « Jusqu'où est-il prêt à aller pour nous faire peur ? » me demandai-je.
Je n'avais plus très longtemps à attendre pour être fixé sur ce point.
Après l'incident, Tyler et moi retournâmes à la cabane et finîmes de déballer nos affaires. J'accrochai mes affiches préférées sur le mur près de mon lit. Mais cela ne m'aida pas à regonfler mon enthousiasme. Je me sentais toujours effrayé et tendu.
Tyler se recroquevilla sur le bord de son lit, les bras serrés contre sa poitrine. Il n'avait pas prononcé un seul mot depuis que nous avions quitté le réfectoire.
– Nous devrions peut-être rentrer à la maison, dit-il au bout d'un moment. Cet endroit est trop terrifiant. M. Farraday a l'air complètement fou, tu ne trouves pas ?
Je haussai les épaules :
– Nous ne pouvons pas retourner chez nous. N'oublie pas que papa et maman sont en vacances. Tu n'as qu'à te dire que tout ça est fait pour nous amuser. M. Farraday jouait simplement la comédie.
– Mais le gorille était bien vivant, insista Tyler. Tout comme le courant électrique qui vibrait dans les câbles. Et Chris a reçu une décharge.
– C'était peut-être juste un accident ? suggérai-je.
Tyler paraissait si pitoyable que j'éclatai de rire :

– Écoute ! Ici, c'est la Colo de l'Épouvante ! C'est bien ce que tu attendais de R. B. Farraday, l'homme le plus effrayant de la terre ! Nous ne voulions pas passer des vacances banales, tu t'en souviens ? Je suis sûr que ça va être génial.
Tyler soupira et appuya la tête sur ses poings serrés.
La porte s'ouvrit avec fracas et Jack, essoufflé, fit irruption dans la pièce. Tyler bondit sur ses pieds.
– Est-ce que Chris va bien ? demanda-t-il anxieusement.
– Non… je ne crois pas, balbutia Jack, avalant sa salive avec difficulté. Je suis allé à l'infirmerie pour le voir. Il est traumatisé.
– Que veux-tu dire ? demandai-je.
– Il raconte n'importe quoi ! s'écria Jack… Je crois… que le choc de la décharge électrique lui a déglingué la cervelle.
– Alors c'était vrai ? criai-je. Ce n'était pas une blague ?
Jack secoua la tête :
– Je vous avais avertis. Chris et moi avons entendu raconter des tas de choses effrayantes depuis ce matin.
Il baissa la voix :
– Cet endroit est très dangereux, poursuivit Jack. Nous devons nous serrer les coudes tous les quatre. Ils ont la cabane n° 3 à l'œil. Chris et moi…
Il s'arrêta net, le regard braqué par-dessus mon épaule en direction de la fenêtre. Je me retournai… et découvris le visage d'Alonso derrière la vitre.

Il nous regardait froidement. Il était en train de nous espionner !

Je me retournai vers Jack. Il tremblait comme une feuille et son visage était devenu livide.

– Je ne vous ai rien raconté, murmura-t-il. Si quelqu'un vous pose la question, je ne vous ai pas dit un seul mot.

Il sortit de la cabane comme un ouragan.

Je jetai de nouveau un coup d'œil en direction de la fenêtre. Alonso avait disparu.

Tyler et moi nous regardâmes, intrigués.

« Qu'est-ce que Jack a bien pu découvrir ? Et pourquoi a-t-il si peur d'Alonso ? » me demandai-je.

C'est alors qu'un cri retentit.

– Laissez-moi ! hurlait un garçon. Je vous en prie, laissez-moi !

12

Nous nous précipitâmes vers la porte de la cabane. Je fus le premier à sortir et à m'engager sur le sentier. Tyler me rejoignit à toute allure.
Nous aperçûmes Chris qui dévalait la colline comme un fou. Il faisait des zigzags en agitant frénétiquement les bras et en hennissant comme un cheval. Deux animateurs accompagnés de l'infirmière du camp couraient derrière lui.
L'un des hommes plongea pour essayer de le saisir, mais Chris vira brusquement et se mit à remonter la colline.
– Laissez-moi ! hurla-t-il de nouveau. Je ne dirai à personne ce que j'ai vu ! C'est promis !
Les deux animateurs réussirent finalement à l'attraper et ils l'entraînèrent derrière les arbres.

Chris revint dans la cabane après le dîner. Il avait l'air secoué. Tyler et moi lui demandâmes ce qui s'était passé.

– Je n'ai pas envie de parler de ça, murmura-t-il en tremblant comme une feuille.
Nous ne prononçâmes plus un mot. Une fois les lumières éteintes, je le vis s'asseoir sur sa couchette et regarder par la fenêtre pendant des heures, le visage grave, aussi immobile qu'une statue.
Je passai la nuit à observer mon camarade, me demandant pourquoi ces gens l'avaient poursuivi. Et ce qu'ils avaient bien pu lui faire après l'avoir attrapé.

Le lendemain matin il pleuvait et les responsables du camp nous projetèrent un film de R. B. Farraday. Je réussis à me changer les idées et à cesser de me poser des questions au sujet de Chris. Le soleil réapparut juste avant le déjeuner, faisant scintiller l'herbe détrempée comme un tapis de diamants. Le camp avait soudain l'air tout neuf et rafraîchi, comme si la pluie avait tout lavé.
Tyler et moi avions quartier libre pour l'après-midi. Gus, l'animateur responsable de notre cabane, vint nous dire :
– Le Tourbillon des hurlements est prêt, si vous avez envie de l'essayer…
Il n'avait pas besoin de me le répéter.
J'adore les attractions de fêtes foraines. Plus elles sont impressionnantes, mieux c'est. Pour moi, elles sont comme les films d'horreur. On vit une situation dangereuse, mais on sait très bien que tout rentrera dans l'ordre à la fin. Tyler n'aime pas ce genre d'amusement autant que moi.

Il m'accompagna jusqu'au Tourbillon des hurlements, mais il ne me lâchait pas d'une semelle. Je voyais bien qu'il n'était pas rassuré.
Le manège était constitué de nacelles rouge et bleu qui tournaient de plus en plus vite.
Garçons et filles s'installaient rapidement. Je fis un signe de la main à Meredith et Elizabeth. Tyler et moi grimpâmes de justesse dans la dernière nacelle vide. Je bloquai la barre de sécurité.
– Tu crois que ça va vraiment vite ? me demanda mon frère d'une toute petite voix en agrippant la protection.
– Ne t'inquiète pas, tout ira bien, répondis-je.
Je posai les mains sur un volant disposé sur le côté :
– Tu vois ? Si on l'actionne, on peut tourner sur nous-mêmes comme on veut.
Tyler repoussa mes mains du volant :
– Ne le fais pas trop fort, d'accord ?
Un grand garçon roux nommé Duffy s'occupait du manège. Je l'avais aperçu dans la matinée en train de soulever des poids dans la salle de sport. J'avais été très impressionné par la taille de ses biceps. Il ne portait pas l'uniforme réglementaire, mais un T-shirt rouge et un short bleu. Son unique travail devait consister à faire fonctionner le manège.
Duffy s'approcha de nous pour vérifier si la barre de sécurité était bien mise en place. Une grosse tête de squelette rouge et bleu était tatouée sur son bras.
– Vous vous souvenez de ce manège dans le film ? demanda-t-il.

– Vous voulez parler de *La fête foraine des monstres répugnants ?* répondis-je. Bien sûr que je m'en souviens.
– Vous allez comprendre pourquoi on l'appelle le Tourbillon des hurlements, dit alors le colosse en affichant un sourire d'une blancheur éclatante.
Il regagna la cabine de contrôle, saisit un grand levier en bois et le poussa vers l'avant. Aussitôt, les douze nacelles grincèrent et bougèrent. Bientôt, elles décrivirent un large cercle.
– C'est chouette ! s'exclama Tyler. Qu'y a-t-il de si effrayant ?
– Rien. C'est juste amusant !
Nous commençâmes à nous déplacer plus rapidement. J'actionnai le volant de notre nacelle, qui se mit à tournoyer sur elle-même. Puis je jetai les bras vers le ciel en poussant un cri de joie. Le vent sifflait dans mes oreilles.
– J'ai le vertige ! m'exclamai-je.
Le sourire figé, Tyler agrippa la barre de sécurité à deux mains. Je voyais bien qu'il faisait des efforts pour trouver le manège amusant. Il avait fermé les yeux et son visage avait pâli.
Les nacelles tournaient à toute allure, grinçant et gémissant. Les cabanes, les arbres et le lac défilaient devant mes yeux. Tout s'était mélangé pour devenir une forme indistincte.
Nous décrivions des cercles de plus en plus rapides. Je fus projeté contre Tyler. À cet instant, je vis que Duffy poussait la manette à fond.
– On s'envole ! hurlai-je.

Tout le monde s'était mis à crier et à rire. Tandis que nous tournoyions comme des toupies folles, je vis Duffy s'éloigner de la cabine de contrôle. Il remonta la colline en direction du bâtiment principal. Je me sentais en plein vertige. Je clignai des yeux.

– Eh, Duffy ! criai-je.

Mais ma voix ne pouvait pas couvrir les cris.

– Où va-t-il, Andrew ? me demanda mon frère en me serrant le bras, le visage déformé par la panique. Il n'a pas l'intention d'arrêter le manège ?

13

L'air me fouettait le visage et faisait voler mes cheveux dans tous les sens. J'agrippai fermement la barre de sécurité.

Nous tournoyions toujours plus vite. Je m'écrasai une nouvelle fois contre Tyler. Puis le mouvement de la nacelle me projeta avec violence sur le côté opposé.

– Ouille ! criai-je au moment où mon bras heurta l'habitacle.

Je cherchai Duffy des yeux. Mais il avait disparu dans le paysage qui tourbillonnait devant mes yeux. Plus personne n'était là pour contrôler la course folle.

Des protestations s'élevèrent :

– Arrêtez le manège !

– Je me sens mal !

Moi aussi, je commençais à me sentir mal. J'avais des haut-le-cœur et l'impression que mon repas remontait dans ma gorge.

– Il ne peut pas nous laisser ici comme ça ! hurla Tyler.
La vitesse de nos vrilles ne cessait d'augmenter. Ma tête se rejeta brusquement en arrière. Au milieu des cris et des pleurs, j'entendis un bruit particulier indiquant que l'un de nous venait de se débarrasser de son repas de midi.
Je me sentais réellement malade à présent. Je fermai les yeux dans l'espoir d'estomper la sensation de vertige, mais cela ne servit à rien.
Je poussai un faible gémissement. Combien de temps allions-nous tourner ainsi ? La vitesse augmentait toujours.
C'est alors que je distinguai dans le paysage flou une silhouette en rouge et bleu. C'était Duffy qui descendait la colline en marchant doucement. Il tenait une canette de soda dans la main. Il s'arrêta pour avaler une gorgée, puis reprit son chemin vers nous d'un pas nonchalant.
Nous étions toujours prisonniers du tourbillon infernal. Enfin, Duffy entra dans la cabine de contrôle. La tête de Tyler sautait sur ses épaules. Ses yeux étaient toujours fermés.
– Tyler ? Est-ce que ça va ? haletai-je.
Il ne me répondit pas.
Duffy saisit enfin le levier et tira dessus.
– Non ! l'entendis-je crier.
Le levier avait cassé net entre ses mains.

14

Des voix terrifiées et des cris de colère s'élevèrent des autres nacelles. Le levier brisé dans la main, Duffy se grattait la tête, ne sachant quoi faire.
– Tyler ? Ça va ? demandai-je à mon frère en l'attrapant par l'épaule et le secouant vigoureusement.
Il ouvrit les yeux pour les refermer presque aussitôt.
J'eus alors l'impression que le sol se mettait à pencher. Soudain les nuages s'écrasèrent dans l'herbe, et la verdure et le bleu du ciel échangèrent leur place.
« Je vais m'évanouir », réalisai-je. Ma tête bascula en arrière. Je fermai les yeux.
C'est alors que je sentis la nacelle ralentir. Le rugissement du moteur s'arrêta. À présent, nous tournions plus lentement. Je n'entendais plus que l'air soufflant dans mes oreilles et des craquements métalliques.
J'ouvris les yeux et vis Duffy, une prise électrique dans les mains. Il venait de débrancher le manège.
Nous ralentîmes progressivement jusqu'à l'arrêt total.

Pendant un temps qui me sembla durer une éternité personne ne bougea de sa place. Puis peu à peu les garçons et les filles s'extirpèrent des nacelles. Certains tombèrent à quatre pattes sur l'herbe, d'autres titubaient.
J'aidai Tyler à regagner la terre ferme et le tins jusqu'à ce qu'il ait retrouvé son équilibre. Nous tentâmes de marcher, mais le sol tanguait sous nos pieds. Nous percutâmes Elizabeth et Meredith.
– C'était affreux ! s'écria Elizabeth.
Duffy surgit devant nous, un sourire aux lèvres.
– Alors, vous avez aimé le tour de manège ? demanda-t-il, les yeux brillants d'excitation.
– Je vais me plaindre à M. Farraday ! aboya Meredith.
– Moi aussi, ajouta sa sœur.
Duffy secoua la tête :
– Vous n'avez pas vu le film ?
– Je me fiche du film ! lança Elizabeth d'une voix rageuse. C'était horrible ! Vous nous avez tous rendus malades !
– Mais c'est exactement ce qui se produit dans le film ! déclara Duffy avec fierté. Ici, à la Colo de l'Épouvante, les films deviennent réalité !
Au cinéma, le Tourbillon des hurlements tournoyait de plus en plus vite, jusqu'à ce que la peau des personnes embarquées sur le manège tombe ! À la fin du tour de manège, les nacelles étaient occupées par des squelettes.

– Au moins, nous avons toujours la peau sur les os, murmurai-je.

Meredith me dévisagea d'un air anxieux :

– Tu te sens bien ?

– Pas vraiment, répondis-je.

Tyler se laissa tomber dans l'herbe et mit la tête entre ses genoux repliés.

– Je suis malade, gémit-il.

– Vous ne savez pas apprécier les blagues ? s'écria Duffy.

Il secoua la tête, tourna les talons et remonta tranquillement la colline.

– Mais ce n'était pas une blague, lui cria Elizabeth. Ça a failli nous coûter la vie !

– Allons nous plaindre à M. Farraday, insista Meredith. Je parie qu'il n'est même pas au courant de ce que ce sale type nous a fait subir.

– D'accord, approuvai-je. On est ici pour nous amuser, pas pour nous faire maltraiter.

Nous partîmes en direction du bâtiment principal. Après quelques pas, je stoppai net. Mon regard s'était arrêté sur l'arbre gigantesque qui surplombait le manège.

– Qu'est-ce que c'est ? m'écriai-je.

Nous observâmes tous les quatre l'appareil installé sur une branche basse : c'était une caméra.

– Pensez-vous que quelqu'un nous ait filmés pendant que nous tournoyions comme des fous ? demandai-je.

– M. Farraday ? suggéra Meredith, sourcils froncés.
– En tout cas, nous avons vraiment des raisons de nous plaindre, s'indigna Elizabeth. On n'a pas le droit de faire ça !
Nous remontâmes la colline. Peu à peu, je récupérai mon souffle ; je me sentis mieux. L'impression de vertige s'estompait. Tyler était toujours secoué, mais il retrouvait sa couleur normale.
Nous longeâmes la rangée de poubelles qui était disposée sur le côté du bâtiment. Quelque chose attira à nouveau mon regard. Quelle était cette bestiole que j'avais vue se faufiler sous un couvercle ? Je fis un bond en arrière avant de constater avec soulagement qu'il ne s'agissait que d'un raton laveur. Il nous lança un regard furieux, puis sauta hors de sa cachette et s'enfuit en trottinant vers les arbres.
Nous entrâmes enfin dans la grande cabane en rondins. Nous passâmes devant une salle de travaux manuels où des garçons et des filles étaient occupés à réaliser d'horribles masques et des figures de monstres en argile.
Nous dépassâmes la salle de réunion et le réfectoire, puis nous dirigeâmes d'un pas décidé vers le bureau de M. Farraday, situé à l'extrémité du hall. Sa porte était fermée. Je levai le poing pour frapper. Mais je suspendis mon geste, car j'entendis un hurlement.
Un hurlement à vous glacer sur place.
Je me tournai vers les autres :
– Ce cri a l'air bien réel !

5

Un nouveau cri nous fit sursauter. Puis le silence retomba. Nous nous regardions tous les quatre sans savoir quoi faire. Fallait-il nous enfuir ? Ou tenter d'en savoir plus ?

Je levai le poing et frappai. Silence… Je frappai de nouveau.

– Il y a quelqu'un à l'intérieur, murmura Elizabeth. Pourquoi personne ne répond ?

Avant que j'aie pu dire un mot, la porte s'entrebâilla.

– Qui est là ? demanda la voix de M. Farraday.

Le visage à demi caché par le battant de la porte, il nous regardait d'un air interrogateur. Il passa sa tête dans l'ouverture.

Son visage était rouge écarlate. Des gouttes de sueur roulaient sur son front et dégoulinaient de sa barbe. Il semblait avoir du mal à reprendre son souffle.

– Vous vous sentez bien ? m'inquiétai-je.

Il mit du temps à me répondre avec un sourire forcé :

– Je suis juste en train de... mettre au point des effets spéciaux.

– Mais... ces cris... ? commença Elizabeth.

– Ce sont des effets sonores, répondit-il rapidement. Je possède une véritable bibliothèque d'enregistrements de cris. Des cris en tous genres pour toutes les occasions.

Il nous fixa longuement comme s'il essayait de nous persuader qu'il ne nous mentait pas, mais je ne croyais pas un mot de ses explications. Les cris que nous avions entendus n'étaient pas de simples enregistrements. Qu'était-il en train de faire dans ce bureau ?

Déterminé à percer le mystère, je repoussai brusquement le battant de la porte. Ce que nous découvrîmes alors nous coupa le souffle.

Au fond du bureau deux créatures vertes étaient enchaînées au mur. Elles étaient obèses et avaient des têtes rondes et chauves. De petits yeux noirs brillaient au-dessus de leur museau de lézard. Impossible de déterminer s'il s'agissait d'animaux ou de monstres.

Elles nous regardèrent en émettant des sons nasillards. Étaient-elles en train de pleurer ?

M. Farraday nous repoussa en arrière et tira la porte. Mais il était trop tard, j'avais vu !

– Tu n'aurais pas dû faire ça, dit-il froidement.

– Mais qui sont ces créatures ? demandai-je d'une voix étranglée.

– Je travaille sur de nouvelles créations pour un

prochain film, répondit le réalisateur, blanc de colère. Tu ne crois quand même pas que je garde prisonniers des monstres dans mon bureau ?

– Eh bien…, dis-je en rougissant.

Il planta ses yeux dans les miens, menaçant :

– Je n'aime pas les gens qui fourrent leur nez partout. Tu es dans la cabane n° 3, n'est-ce pas ? Avec les deux autres perturbateurs ?

– Mais… mais…, bredouillai-je.

Son regard devint glacial.

– Désormais, toi et ton frère comptez parmi les heureux élus ! déclara-t-il. Vous avez vraiment de la chance.

– Que… que voulez-vous dire ? bégayai-je.

– Vous allez bientôt découvrir ce qu'est réellement la Colo de l'Épouvante, répondit-il.

16

– M. Farraday a certainement dit la vérité, dit Meredith en se laissant tomber dans l'herbe. C'étaient des créatures de cinéma.
– Je n'ai jamais vu ce genre de personnages dans aucun film, rétorqua Tyler. Et ce que nous avons surpris, c'étaient des êtres vivants !
– Si ce n'étaient que des monstres conçus pour un film, pourquoi M. Farraday s'est-il mis en colère ? renchéris-je. Pourquoi nous a-t-il menacés, Tyler et moi ?
Assis à l'ombre de la cabane, nous essayions de trouver un sens à ce que nous avions découvert. Le soleil de l'après-midi descendait lentement derrière les arbres. On entendait des cris de joie venant du lac.
– Si ce n'étaient que des acteurs déguisés en monstres, dit Tyler, pourquoi étaient-ils enchaînés au mur ?
– Et pourquoi criaient-ils comme ça ? ajouta Meredith.

Je haussai les épaules, perplexe.
– C'est tellement étrange, murmura Tyler.
– Tout ce qui se passe ici est étrange, répondit Elizabeth. Et, en plus, ce n'est pas drôle.
– Tu as raison, soupirai-je. Alors, quand les choses *drôles* vont-elles enfin commencer ?

Excepté une bataille de petits pois, le dîner se déroula assez calmement. Après le plat principal, un serveur trébucha et laissa tomber un plateau chargé de coupes de glace, provoquant l'hilarité générale.
On nous projeta ensuite l'un des films les plus effrayants de R. B. Farraday, *La caverne sans retour*. Tyler et moi avions déjà vu la cassette vidéo une bonne douzaine de fois. Dans ce film, des jeunes partent explorer des grottes. Ils découvrent une gigantesque caverne et y descendent. C'est au moment où ils décident de remonter à la surface que les choses se compliquent : il n'y a pas de sortie. Ils s'aperçoivent qu'ils sont prisonniers de la caverne, et, entendant des bruits de pas et d'étranges grognements, ils comprennent qu'ils ne sont pas seuls. Super comme histoire, non ?
Cette projection nous remonta le moral. Après la séance, Tyler et moi marchions vers la cabane en parlant avec animation de ce petit chef-d'œuvre. La pleine lune éclairait le chemin. Soudain, quelque chose attira mon regard. Je m'arrêtai. En regardant mieux, j'aperçus sous le toit d'une des cabanes une caméra braquée dans notre direction.

– C'est la deuxième caméra que je vois dans la journée. On dirait que M. Farraday passe son temps à nous espionner.
– Peut-être que c'est pour des raisons de sécurité, suggéra Tyler en bâillant.
Cette explication était probable, mais je n'y croyais qu'à moitié.
Un peu plus tard, allongé sur ma couchette en haut de notre lit superposé, je ne parvenais pas à trouver le sommeil. La lumière de la lune baignait la cabane d'une clarté presque aussi vive qu'en plein jour. Des hurlements d'animaux, tout proches, se faisaient entendre.
Tyler s'agita sur sa couchette.
– Andrew, tu entends ? chuchota-t-il.
– Oui, mais ne t'inquiète pas ! Il doit y avoir un haut-parleur devant la cabane.
– Tu en es sûr ? demanda Jack en bondissant hors de sa couchette.
– Qu'est-ce qui se passe ? dit Chris en descendant de son lit.
Je sautai par terre moi aussi et m'approchai de la fenêtre. Les autres se tenaient derrière moi. Sur la colline, j'aperçus deux silhouettes. Tête rejetée en arrière, elles hurlaient à la lune.
C'étaient les monstres que nous avions vus dans le bureau de M. Farraday !
– Comment ont-ils fait pour s'échapper ? demanda Tyler en tirant sur ma manche. Et qu'est-ce qu'ils font ?

17

Le lendemain, j'essayai de savoir si quelqu'un d'autre que nous avait entendu les hurlements. On me regarda comme si j'étais fou.
Je repensais encore à cette affaire mystérieuse alors que je marchais vers la plage et la zone de baignade surveillée. Je venais de finir une partie endiablée de foot sous un soleil de plomb et j'avais besoin de me rafraîchir.
J'adressai un signe de la main à Tyler. Il était dans l'eau avec plusieurs garçons et filles. L'animatrice de son cours de natation faisait la démonstration de la brasse papillon.
– Regardez comme je respire, disait-elle au moment où je passais à leur niveau.
Sa voix faiblit à mesure que je m'éloignai du groupe et bientôt je n'entendis plus que le doux clapotis de l'eau.
Des nuages blancs flottaient haut dans le ciel. Le

soleil de fin de matinée dardait ses rayons, me brûlant les épaules et la nuque.
Je jetai ma serviette sur le sable et ajustai mon maillot de bain. Le lac étincelant reflétait la lumière du soleil ; je regrettai d'avoir oublié mes lunettes noires. Des filles nageaient vers la plate-forme flottante qui dansait sur l'eau, tout au fond de la zone de baignade.
– Andrew ! Andrew ! entendis-je appeler.
Je me retournai et vis Meredith et Elizabeth étendues sur leurs serviettes de bain. J'agitai la main dans leur direction, mais n'allai pas les rejoindre. J'étais trop impatient de me mettre à l'eau.
Je m'élançai sur le sable brûlant et faillis percuter de plein fouet Duffy, le colosse responsable du manège du Tourbillon des hurlements.
– Attention ! cria-t-il en faisant un saut de côté pour m'éviter.
Il était en maillot de bain. Un sifflet argenté accroché à une chaîne pendait sur son large torse parfaitement bronzé.
– Bienvenue au Lac des zombies aquatiques, me lança-t-il.
– Que faites-vous ici ? demandai-je.
– Je suis maître nageur, ce matin.
Il mit ses lunettes de soleil argentées et se tourna vers le lac.
– Tu vas piquer une tête ?
Je grognai une réponse affirmative et tournai les talons.
– Si tu vois des zombies aquatiques, tu n'as qu'à

appeler ! l'entendis-je crier tandis que je m'éloignais à petites foulées.
Je me remémorai le film de M. Farraday. Un groupe de personnes noyées dans le naufrage de leur bateau et transformées en morts vivants terrorisaient les plongeurs venus explorer l'épave de leur navire.
Ce n'était pas le film de R. B. Farraday que je préférais. Et la dernière chose à laquelle j'avais envie de penser était ces effroyables créatures sous-marines.
Je pris une profonde inspiration et entrai en courant dans le lac. Je m'avançai jusqu'à ce que le niveau de l'eau atteigne ma taille, puis plongeai et nageai énergiquement pour m'éloigner rapidement de la plage. Je revins à la surface et reprit mon souffle. Je me laissai aller quelques instants au rythme des vaguelettes avant de me diriger vers la plate-forme flottante.
Soudain quelque chose s'enroula autour de ma cheville.
Je crus d'abord qu'il s'agissait d'un morceau d'algue. Mais je sentis des doigts froids et puissants se refermer autour de mon pied.
– Au secours ! criai-je.
Je me débattis pour me dégager et agitai les bras pour me maintenir à la surface. Mais la main osseuse continuait à s'accrocher, me tirant peu à peu vers le fond. Je me sentis descendre. J'eus le temps d'inspirer une grande bouffée d'air avant de sombrer pour de bon sous l'eau.
Je découvris alors avec effroi mon agresseur. Sa

peau verte flottait autour de ce qui lui restait de squelette. Il s'accrochait à moi, tête baissée, et me tirait toujours. Je luttais désespérément pour me libérer. Le manque d'oxygène oppressait ma poitrine. Mon cœur battait à coups redoublés. J'agitais les bras et donnais des coups de pieds de toutes mes forces. Mais la créature tenait bon.

Soudain, elle releva doucement la tête vers moi. Complètement paniqué et glacé d'effroi, je découvris son visage vert et bouffi.

Je n'en croyais pas mes yeux. C'était celui de Jack !

18

Sentant mes poumons éclater, j'essayai dans un ultime effort de regagner la surface. Je levai les bras et me propulsai vers le haut. J'étais tellement effrayé que je ne sentis pas le zombie me lâcher et abandonner le combat.

Je jaillis enfin hors de l'eau. J'inspirai des bouffées d'air frais en suffoquant à moitié. Je voulais à la fois hurler et reprendre mon souffle. Mes bras et mes jambes étaient endoloris, mais je me mis à nager frénétiquement vers le rivage.

J'allai le plus vite possible, prêt à tout pour m'enfuir de cet endroit.

Le zombie me poursuivait-il ? Allait-il m'attraper une nouvelle fois ? Me tirer vers le fond pour ne pas me laisser repartir ?

Tremblant de tous mes membres, j'arrivai en chancelant sur la plage. Je me retournai anxieusement vers le lac. Il n'y avait aucun signe de la présence de la créature. Trois filles bronzaient sur la plate-forme et des élèves prenaient leur cours de natation. Les jambes molles comme du caoutchouc, je parcourus la plage du regard dans l'espoir d'apercevoir Duffy. Mais il s'était volatilisé.

Je marchai en trébuchant à la recherche d'un autre animateur.

– Faites attention ! criai-je au maître nageur de mon frère. Ne restez pas dans l'eau !

Mais personne ne m'entendit. J'étais si faible et essoufflé que ma voix était presque inaudible.

– Andrew, tu te sens bien ?

Meredith et Elizabeth arrivaient en courant vers moi. Elizabeth m'attrapa le bras.

– Que s'est-il passé ? Nous t'avons vu sortir de l'eau en titubant.

– Il est là-dedans, haletai-je. Il… il m'a attrapé.

– Qui ça ? demanda Elizabeth.

– Un mort vivant, répondis-je en désignant de nouveau l'eau. Il est dedans !

Je ne m'exprimais pas très clairement, mais j'avais du mal à retrouver mes esprits. Le soleil m'aveuglait et la plage tanguait sous mes pieds.

– Il avait le visage de Jack, leur dis-je. Mais ça ne pouvait pas être lui.

– Pourquoi pas ? demanda Meredith. Il a sans doute voulu te faire une blague.

– Non, ce n'était pas une blague ! m'écriai-je. Il… il a essayé de me noyer !

– Tu es resté trop longtemps au soleil, dit Meredith. Viens, on va t'emmener à l'infirmerie.

Elles me prirent chacune par un bras et me conduisirent jusqu'au sentier. Les battements de mon cœur s'étaient enfin calmés et je commençais à me sentir mieux.

– Je n'ai pas envie d'aller à l'infirmerie, leur dis-je. Je veux juste retourner dans ma cabane.

– Tu devrais au moins en parler à un animateur, dit Elizabeth. Si Jack s'amuse à des jeux dangereux dans le lac…

– Mais ce n'était pas Jack ! insistai-je. C'était… une créature. J'en parlerai à un animateur, mais plus tard.

Pour l'instant, j'avais envie de rester seul pour réfléchir calmement à ce qui venait de m'arriver.

Nous arrivâmes devant ma porte et je les remerciai de m'avoir accompagné.

Soudain, je laissai échapper un cri de surprise. Sur le mur à côté de mon lit, quelqu'un avait gribouillé un message avec de la peinture rouge :

L'HORREUR EST BIEN RÉELLE. FUYEZ… TANT QUE VOUS LE POUVEZ ENCORE.

9

R. B. Farraday essayait-il de nous intimider ?

Cette colo n'était-elle qu'une démonstration des trucages et effets spéciaux ? Ou bien quelque chose de véritablement dangereux se passait-il ici ?

Ces mots gribouillés étaient-ils une blague ou un avertissement sérieux ?

Ma vie, ainsi que celle de Tyler, Jack et Chris, était-elle en danger ? Et d'ailleurs, où était passé Jack ? Je ne l'avais pas vu de la journée. Était-ce vraiment lui qui était sous l'eau ?

J'essayais de me ressaisir, mais je ne pouvais oublier les paroles de M. Farraday : « Toi et ton frère comptez parmi les heureux élus. Vous allez bientôt découvrir ce qu'est réellement la Colo de l'Épouvante ».

Il fallait que je parle à quelqu'un. J'avais besoin qu'on réponde à mes questions.

À l'heure du déjeuner, je me mis à la recherche de Gus. Mais je ne le trouvai nulle part. Je m'adressai donc à la première animatrice que je rencontrai dans

le réfectoire. Elle s'appelait Claire et avait l'air sympa. Ses cheveux bruns étaient attachés en queue de cheval.
– Qu'est-ce qui se passe ici ? Répondez-moi !
Je devais crier pour couvrir le vacarme qui régnait dans la pièce.
Claire me conduisit à l'écart.
– Pourquoi es-tu si bouleversé ? me demanda-t-elle en posant les mains sur mes épaules.
– Est-ce que toutes ces choses sont réelles ? fis-je.
Elle planta ses yeux dans les miens.
– As-tu peur à ce point ?
– Répondez à ma question ! m'écriai-je. La décharge électrique du premier jour, Duffy cassant le manège, les hurlements dans la nuit. Et… la créature du lac. Quelqu'un a essayé de me noyer aujourd'hui ! Une créature monstrueuse !
Claire me regarda avec attention. Puis, lançant des regards inquiets aux alentours, elle approcha son visage du mien.
– Tu as entendu ce qu'a dit M. Farraday, murmura-t-elle. Il pense que l'horreur doit être vécue pour être vraiment effrayante.
– Êtes-vous en train de me dire que la créature du lac était réelle et que nos vies sont en danger ? demandai-je.
– Je… l'ignore, bégaya-t-elle. Tout ce que je sais…
Elle se tut. Ses yeux étaient braqués sur une caméra accrochée au-dessus de nous dans l'angle de la pièce.
– Je ne peux rien dire de plus, chuchota-t-elle.

Elle tourna les talons et courut en direction de la porte du réfectoire. Je voulus la suivre, mais des voix familières dans le hall d'entrée me firent stopper net.

– Téléphone à tes parents, disait Chris.

– Non, j'ai trop peur, répondit Jack.

Jack… ? Je me précipitai dans la pièce.

– Tu ne peux pas les laisser s'en tirer comme ça ! insistait Chris.

– Pas question ! Tu sais très bien ce qu'il me fera. Il…

Jack s'arrêta de parler au moment où il m'aperçut. Ils me regardèrent tous les deux fixement. Je venais sans doute d'interrompre une conversation importante. Mais tout cela m'était égal.

– Jack ! l'interpellai-je. Est-ce toi qui as voulu m'entraîner vers le fond du lac ?

– Pardon ? dit Jack en me regardant d'un air stupéfait. Tu es sûr que tu te sens bien ?

– Tu n'étais pas au lac ce matin ?

– Absolument pas, murmura-t-il.

– Ça suffit ! Je veux connaître la vérité. Que se passe-t-il ici ? Je sais que vous êtes tous les deux au courant. Vous devez me le dire !

Jack et Chris échangèrent un regard hésitant. Puis Jack m'attrapa par l'épaule et murmura à mon oreille :

– C'est trop tard. Ça a déjà commencé. Nous ne pouvons rien y faire.

20

– Je… je ne comprends pas, bégayai-je.
Mais les deux garçons ne me regardaient plus. Ils fixaient quelque chose par-dessus mon épaule, pétrifiés de peur. Je me retournai et vis Alonso foncer vers nous, visiblement très en colère.
– On n'a rien dit ! cria Chris en reculant.
– C'est la vérité, insista Jack, le visage livide.
– Vous cherchez les ennuis, marmonna Alonso entre ses dents serrées. Je vous avais prévenus.
Il leur jeta un regard mauvais, souriant avec mépris.
– Toi, mêle-toi de ce qui te regarde et retourne à la cantine, me dit-il.
– Quoi ? demandai-je, interloqué.
– Je vous ai à l'œil, la cabane n° 3, avertit Alonso. La cabane des heureux élus.

Au repas du soir on nous servit une sorte de ragoût. Tyler mangeait de bon appétit, plaisantant avec de nouveaux amis ; mais, moi, je n'avais pas très faim. La

colo était faite pour s'amuser, et pourtant je ne m'amusais pas le moins du monde. J'avais bien trop peur. Étais-je une poule mouillée ?
Non ! J'avais connu de vrais dangers depuis mon arrivée ici. De l'horreur réelle. Je jetai un regard à Jack et Chris, qui étaient attablés un peu plus loin. Penchés sur leurs assiettes, ils dévoraient leur plat sans adresser la parole à personne.
« Eux aussi sont terrifiés, me dis-je. Ils savent ce qui se passe ici ! »
J'avais envie de téléphoner à mes parents pour leur demander de l'aide. Mais ils étaient en voyage en Australie, et j'ignorais comment les joindre. Je levai les yeux et vis Alonso marcher à grands pas vers le centre du réfectoire.
– J'ai une annonce importante à faire, gronda-t-il.
La grande pièce devint subitement silencieuse.
– Le chef cuisinier craint que des champignons vénéneux aient été accidentellement servis, poursuivit Alonso. Deux assiettes en ont été remplies par mégarde. Si votre plat a un goût étrange, dites-le immédiatement.
Des rires explosèrent de toutes parts. Des mains se levèrent.
– Le mien a un drôle de goût !
– Le mien a un goût d'ordures !
Tout le monde s'amusait de cette blague ; seul Alonso semblait tendu.
– Il n'y a pas de quoi rire, cria-t-il. Nous devons retrouver ces deux assiettes.

– Pourquoi avoir attendu si longtemps pour nous informer ? s'écria Elizabeth. On a presque tout mangé !
Alonso ouvrit la bouche pour lui répondre. Mais avant qu'il ait pu dire un mot, des grognements et des gémissements de douleur se firent entendre.
Je me tournai et vis Jack et Chris les mains plaquées sur l'estomac. Chris se leva péniblement.
– Aïe, mon ventre ! gémit Jack.
Les deux garçons étaient courbés en deux.
– Je crois que l'on vient de trouver les deux assiettes empoisonnées ! déclara Alonso, en souriant étrangement.
« Cet empoisonnement n'a rien d'un accident ! » réalisai-je soudain.
Je bondis sur mes pieds.
– Vous ne voyez pas qu'ils ont besoin d'aide ? hurlai-je à Alonso.
Son sourire disparut instantanément. Il secoua la tête d'un air triste.
– Je crains qu'il ne soit trop tard, dit-il à voix basse.
À cet instant, Jack et Chris s'écroulèrent sur le sol.

21

Des cris de panique et de colère s'élevèrent dans la salle.
« Nous devons quitter cet endroit tout de suite ! décidai-je. Ce qui se passe ici est complètement fou ! »
Les animateurs traînèrent Jack et Chris vers une porte latérale. Je courus entre les tables et attrapai Tyler par le bras.
– Viens, lui dis-je en le forçant à se lever. Partons d'ici.
Il m'obéit immédiatement et nous fonçâmes vers la sortie. Nous avions à peine parcouru quelques mètres que deux hommes vêtus d'un uniforme gris se dressèrent dans l'embrasure de la porte, nous barrant le chemin.
– Des gardes ! m'écriai-je. Depuis quand y a-t-il des gardes dans les colonies de vacances ?
Les deux hommes nous lancèrent un regard glacial. Meredith et Elizabeth nous rejoignirent.

– Nous voulons sortir d'ici ! insista Tyler.
– Nous devons téléphoner à nos parents… tout de suite ! dit Elizabeth d'une voix stridente.
Les gardes restaient muets.
Totalement désemparé, je regardai autour de moi.
– Sommes-nous prisonniers de cet endroit maudit ? m'écriai-je.
Mais les gardes nous empoignaient déjà, nous ramenant dans nos cabanes respectives. Tyler et moi nous effondrâmes sur nos lits. Le visage d'un animateur apparut dans l'encadrement de la fenêtre.
– Extinction des feux, tout de suite, ordonna-t-il.
Je n'étais pas capable de protester. J'éteignis aussitôt la lumière.
– Qu'allons-nous faire ? chuchota Tyler.
– Je n'en sais rien, répondis-je. On pourrait peut-être attendre que tout le monde soit endormi, et…
– Tout se passe comme dans *Les prisonniers du seigneur des vampires*, m'interrompit Tyler. Tu te souviens ? Les gardes du film étaient habillés en gris, eux aussi.
– Ça ne m'intéresse plus, répondis-je sur un ton plein d'amertume. Je n'irai plus jamais voir un film de R. B. Farraday.
Tout à coup, j'entendis un ronronnement. Levant les yeux, j'aperçus un objet fixé à une poutre du plafond. Une caméra en marche !
– Ils sont en train de nous espionner, dis-je à Tyler.
Je brandis un poing rageur devant l'objectif.
– Vous pouvez nous surveiller tant que vous voulez !

grondai-je. Nous allons quitter cet endroit !
Je baissai les yeux sur le deuxième lit superposé de la cabane. Il était vide.
Tyler suivit mon regard.
– Tu crois qu'ils vont bien ? murmura-t-il.
Je haussai les épaules :
– J'espère.
J'allai à la fenêtre et vis une douzaine de gardes en uniforme gris qui patrouillaient dans le campement.
– Nous ne parviendrons à aller nulle part ce soir, dis-je à mon frère. Attendons demain matin pour trouver un moyen de nous échapper.

Je ne m'étais pas déshabillé. J'avais seulement retiré mes chaussures avant de me glisser sous les couvertures. Après un long moment, je me laissai aller à un sommeil agité. Je passai la nuit à me retourner, me réveillant toutes les heures, l'esprit habité d'affreux cauchemars.
Un grattement puis un bruit sourd me firent soudain ouvrir les yeux. Je clignai des paupières à plusieurs reprises pour tenter d'apercevoir quelque chose dans l'obscurité. Le bruit se fit à nouveau entendre tandis qu'un minuscule cercle de lumière blanche apparaissait sur le sol.
– Qui est là ? murmurai-je, la gorge enrouée par le sommeil.
Quelqu'un trébucha lourdement dans la pièce.
– Jack, Chris ? demandai-je à voix basse. C'est vous ?

Ma question resta sans réponse.
Le cercle de lumière, provenant d'une lampe électrique, balaya le sol une nouvelle fois. Puis la porte de la cabane s'ouvrit. Une silhouette se découpa dans l'encadrement avant de disparaître. La porte claqua violemment derrière l'intrus.
Je sautai sur mes pieds et me dirigeai d'un pas mal assuré vers la fenêtre.
Il n'y avait personne dehors. J'allumai la lumière.
Tyler s'assit sur sa couchette, secouant la tête, l'air sonné.
– Quelqu'un était dans la cabane, et il vient de s'enfuir, lui dis-je. Et…
Je m'interrompis brusquement.

22

– Mes chaussures ! m'écriai-je.

Je tombai à genoux sur le sol et me mis à chercher frénétiquement sous le lit.

– Mes baskets, mes chaussures et mes sandales ! hurlai-je en me tournant vers Tyler. Elles ont toutes disparu !

– Les miennes aussi, constata Tyler.

– Quelqu'un a volé toutes nos chaussures, murmurai-je.

J'entendis des voix surexcitées à l'extérieur. Je me relevai et me précipitai dehors.

Complètement affolés, garçons et filles sortaient de leurs cabanes, en pyjama et chemise de nuit. Meredith et Elizabeth accoururent vers nous.

– Pourquoi ont-ils fait ça ? demanda Tyler.

– Pour nous empêcher de nous enfuir, dit Meredith. Nous n'avons aucun moyen de traverser les bois pieds nus. J'ai entendu les animateurs dire que le sol grouille de serpents.

– Vous avez trente secondes pour retourner au lit ! résonna la voix d'un animateur dans un porte-voix.
Les pensionnaires de la colo se mirent à courir dans tous les sens, complètement paniqués.
Elizabeth, Meredith, Tyler et moi reculâmes dans l'ombre profonde, à côté de la cabane.
– Nous sommes pris au piège, gémit Elizabeth.
– Nous devons absolument nous échapper, s'écria une voix.
Jack et Chris sortirent de l'obscurité.
– Ça alors ! m'écriai-je joyeusement. Vous avez l'air d'aller mieux !
Chris fit une grimace de dégoût.
– Ils nous ont fait un lavage d'estomac, grogna-t-il.
– Nous n'avons pas beaucoup de temps devant nous pour partir, murmura Jack.
– Pourquoi ? demandai-je.
Les deux garçons se regardèrent, puis Jack se tourna vers nous :
– Chris et moi les avons entendus parler de leurs plans. Nous connaissons leur secret. C'est pour cette raison qu'ils s'en sont pris à nous quatre.
– Nous sommes tous en danger, ajouta Chris, le souffle court. Meredith et Elizabeth aussi, parce qu'elles sont vos amies.
– Qu'est-ce qu'ils vont nous faire ? demandai-je.
– Ils… ils veulent nous faire mourir de peur ! s'exclama Chris.

23

– Plus que quinze secondes !

La voix métallique de l'animateur nous fit tous sursauter.

– Retournez tous dans vos cabanes ! Dernier avertissement !

– Ils veulent nous faire mourir de peur, répéta Chris dans un murmure. C'est une expérience complètement folle qu'ils essaient de réaliser.

– M. Farraday est au courant ? demandai-je.

Chris haussa les épaules :

– Nous l'ignorons. Nous savons simplement qu'ils ne plaisantent pas. Ils veulent évaluer l'intensité de peur à laquelle quelqu'un de notre âge peut résister… avant de mourir !

– Mais… c'est impossible ! Nos parents…, articula avec difficulté Elizabeth.

– J'ai téléphoné à ma mère depuis l'infirmerie, annonça Jack. Je lui ai dit de venir le plus vite possible.

– Est-ce que tu crois..., commençai-je.
– Elle sera là demain matin, dit-il. Elle peut tous nous sauver. S'il n'est pas trop tard...
Je laissai échapper un soupir de soulagement.
Soudain j'aperçus un garde. Il fonçait droit sur nous, l'air menaçant.
– Que faites-vous ici ? Regagnez vos cabanes, immédiatement ! hurla-t-il.
Meredith et Elizabeth obéirent en poussant un cri de frayeur. Tyler, Jack, Chris et moi entrâmes en traînant les pieds dans la cabane n° 3. Je refermai violemment la porte derrière moi. Nos pieds nus claquaient sur le sol en bois. Jack et Chris non plus n'avaient plus leurs chaussures.
Au-dessus de nos têtes la caméra continuait de ronronner.
– Tu penses vraiment que ta mère parviendra à nous sortir d'ici ? demanda Tyler à Jack.
Ce dernier acquiesça.
Soudain, je vis quelque chose briller sur sa nuque. La lune se reflétait dessus. Je m'approchai de lui pour voir de quoi il s'agissait. Ce que je découvris me stupéfia.
Une petite plaque métallique était fixée sur sa peau, derrière son oreille.
Je me retournai et aperçus que Chris avait la même.
– Que vous ont-ils fait ? m'écriai-je. Que vous ont-ils implanté ?
Jack et Chris me regardèrent tous deux, ébahis.
– De quoi parles-tu ?

24

Le lendemain matin nous nous rendîmes tous au petit déjeuner pieds nus. Des nuages noirs s'étaient amoncelés au-dessus du lac, plongeant la plage dans l'ombre.

Des gardes aux visages sévères surveillaient le moindre de nos mouvements. Nous étions obligés de discuter à voix basse. Une caméra disposée au-dessus de la porte d'entrée du réfectoire filmait les expressions sans joie que nous avions en pénétrant dans la pièce.

Tyler, Meredith, Elizabeth, Chris, Jack et moi nous assîmes à la table du fond, la plus proche de la porte. Nous voulions être prêts à nous enfuir dès que la mère de Jack serait arrivée.

L'ambiance du réfectoire était pesante ce matin-là : le joyeux vacarme habituel avait cédé la place au raclement des cuillères et à quelques quintes de toux qui fusaient de ci de là.

Pourtant, dès qu'Alonso apparut près de la cheminée, une vive agitation gagna l'assistance. Une pluie de questions s'abattit sur lui.

– Sommes-nous prisonniers de cet endroit ? Pourquoi tant de gardes ?

– Pouvons-nous téléphoner chez nous ?

– Rendez-nous nos chaussures ! Rendez-nous nos chaussures ! scanda bientôt l'assemblée.

Alonso se tenait debout face à nous. Il était calme, parfaitement calme, et son visage ne laissait apparaître aucune émotion. Finalement, il nous ordonna de nous taire.

– Nous avons simplement emprunté vos chaussures ! déclara-t-il. Elles vous ont été enlevées pour votre propre sécurité.

Ces derniers mots provoquèrent un nouveau déchaînement de colère.

– Des phénomènes effrayants ont lieu dans les bois, expliqua-t-il. Nous voulions être certains que vous resteriez tous dans vos cabanes. Mais ne vous inquiétez pas. Vous récupérerez votre bien dès que le danger se sera éloigné.

Alonso continua à parler, mais ses paroles furent noyées sous un flot de sifflets et d'interpellations. Il faisait des gestes furieux pour obtenir le silence. Quelqu'un projeta dans sa direction un demi-pamplemousse, mais il se baissa à temps et le fruit s'écrasa sur le manteau de la cheminée. Quelques instants plus tard un bol de céréales se fracassa contre le mur.

Les gardes volèrent au secours d'Alonso. J'entendis

soudain un grand cri, qui couvrit les hurlements qui s'élevaient de toutes parts. Un cri de femme qui provenait de l'extérieur du bâtiment.

Les yeux de Jack s'ouvrirent en grand.

– C'est ma mère ! s'exclama-t-il en se levant d'un bond.

Il quitta la table et sortit à toute allure de la pièce. Meredith, Elizabeth, Tyler et moi nous précipitâmes à sa suite.

– Maman ? appela Jack.

Les nuages d'orage s'étaient accumulés dans le ciel. Il faisait si sombre dehors qu'on aurait cru que la nuit était tombée.

– À l'aide !

Le cri venait de derrière les arbres. Nous nous précipitâmes dans cette direction et croisâmes deux animateurs qui s'en éloignaient à toute allure.

Jack fut le premier à apercevoir sa mère.

– Elle est dans les sables mouvants !

– Allez chercher des secours ! hurla la mère de Jack, battant l'air de ses bras.

Le sable lui arrivait déjà à la hauteur de la poitrine. Elle s'enfonçait rapidement. Jack voulut courir vers elle.

– Non ! m'écriai-je en le tirant en arrière. Tu vas t'enliser toi aussi !

– Trouvez quelque chose à quoi elle pourrait s'accrocher ! hurla Elizabeth.

– Je m'enfonce ! gémissait la pauvre femme. Faites vite !

Une idée lumineuse me traversa alors l'esprit.
– Je vais chercher M. Farraday ! leur lançai-je. Il nous aidera !
Je tournai les talons et me mis à courir vers le bâtiment principal.
– Dépêche-toi ! implorait la mère de Jack.
Un grondement de tonnerre retentit au moment où j'entrais en trombe dans le bâtiment.
– Hé ! Attends une minute…, m'interpella un garde.
Mais j'étais déjà au milieu du hall, à mi-chemin du bureau de M. Farraday.
– Monsieur Farraday ! hurlai-je en courant. Nous avons besoin d'aide !
La porte de son bureau était ouverte. Je me précipitai dans la pièce. Elle était vide.
C'est à cet instant que j'entendis une voiture démarrer. La fenêtre était grande ouverte, les rideaux flottaient à l'intérieur de la pièce.
Un nouveau grondement de tonnerre éclata, suivi d'un bruit de moteur. Je plongeai jusqu'à la fenêtre, me penchai au-dessus du rebord et passai la tête à l'extérieur. Une voiture noire s'éloignait dans un crissement de pneus. C'était la voiture de M. Farraday ! Les deux mains fermement agrippées à son volant, il s'enfuyait du camp.
– Où allez-vous comme ça ? criai-je.
Mais il était trop loin pour m'entendre.
Je me laissai retomber sur le sol, désespéré. Au moment où je me dirigeais vers la porte quelque chose sur le bureau attira mon regard.

Une lettre. Je la saisis d'une main tremblante et la lus à voix haute.
« Je ne supporte pas de voir ces jeunes souffrir. Je me sens tellement coupable ! Je suis désolé. Adieu. »

25

– Quoi ?

Je gardai les yeux fixés sur le message jusqu'à ce que les mots deviennent flous. Puis je reposai le papier sur le bureau, me retournai vers la porte et me trouvai nez à nez avec Alonso.

– Alors, on lit le courrier des autres ? me lança-t-il avec un sourire mauvais. Ce n'est pas bien du tout, Andrew.

Il me bloqua la porte.

– La mère de Jack… dis-je d'une voix étranglée. Je dois me dépêcher.

– Trop tard, dit-il doucement.

– Nooon ! hurlai-je.

– Nous n'aimons pas que les parents s'invitent à la Colo de l'Épouvante, déclara calmement Alonso.

– Mais c'est affreux ! m'écriai-je.

Alonso fit un pas de côté, laissant entrer dans la pièce deux gardes qui m'attrapèrent par les épaules.

Je me débattais de toutes mes forces, mais ils étaient bien trop forts pour moi.
Je remarquai une caméra posée sur un rayon de bibliothèque et pointée sur nous.
– Pourquoi y a-t-il des caméras partout ? demandai-je à Alonso, qui nous suivait.
– Ne pose plus de questions, dit-il froidement. Tu en sais déjà trop !
Les gardes me traînèrent à travers le hall.
– Où m'emmenez-vous ?
– Rejoindre ton frère et les autres fauteurs de troubles, dit Alonso. Ils t'attendent dans un endroit qui te plaira sûrement.
– Est-ce qu'ils vont bien ? criai-je.
Alonso ignora ma question. Il ouvrait la marche, se dirigeant vers le bois. Ensemble, nous suivîmes un chemin que je n'avais jamais vu auparavant.
– Attention aux serpents, Andrew, susurra Alonso, souriant méchamment.
Une pluie glacée commença à tomber, trempant mes cheveux et mon T-shirt. Je fixais le sol avec attention, essayant de détecter la présence de reptiles. Je tendais l'oreille à l'affût d'un sifflement ou d'un bruit suspect.
Nous arrivions à un sombre escarpement rocheux. J'entrevis une petite ouverture percée dans la roche. Un panneau en bois était planté près de l'ouverture : « Mine des âmes perdues ».
Alonso s'arrêta :
– C'est là que t'attendent tes amis.

Les gardes me poussèrent sans ménagement dans la caverne. Je trébuchai dans l'obscurité. Une pierre acérée égratigna mon pied nu. Je me tordis la cheville et tombai en roulant sur la pente. Mes cris accompagnaient ma chute qui me sembla sans fin. J'atterris brutalement sur un sol dur et froid.

J'essayai de m'habituer à l'obscurité. Mais il faisait trop sombre et, malgré mes efforts, je ne pouvais rien voir du tout. L'air froid et humide me fit frissonner.

– Il y a quelqu'un ? appelai-je faiblement.

Ma voix résonna au cœur des entrailles de la caverne.

– Andrew ? C'est toi ?

C'était la voix de mon frère, quelque part en face de moi.

– Tyler ? Tu vas bien ?

Une main m'effleura, glissa sur mon visage puis se posa sur mon cou.

– Andrew ? C'est moi ! dit Tyler d'une voix tremblante. Est-ce que ça va ?

– Oui, répondis-je en serrant sa main froide et moite. Qui d'autre est ici ?

– Nous sommes tous là, répondit Elizabeth. Ma sœur et moi, ainsi que Jack et Chris…

– Jack… ta mère ! dis je d'une voix étranglée.

– Je sais, murmura-t-il. Chris et moi avons tout fait pour la sauver. Mais…

Il s'arrêta net.

Un faible grognement qui semblait tout proche nous fit retenir notre souffle.

Le grondement d'un animal.
– Oh non…
Mon cœur s'emballa, mes genoux commencèrent à trembler.
« Nous ne sommes pas seuls dans cet endroit, réalisai-je. Nous ne sommes pas seuls… »

26

Le grognement suivant nous arracha un cri. Il avait été plus proche cette fois-ci. Et plus menaçant.

– Qu'est-ce que c'est ? dis-je, paniqué, le cœur battant à toute vitesse, incapable de rassembler mes esprits.

– Je ne sais pas, mais il a l'air affamé ! dit Tyler en suffoquant.

– Il fait trop sombre ici, murmura Jack. Si seulement nous pouvions y voir un peu.

– Attends, répondit Chris à voix basse. J'ai un briquet dans ma poche. Tenez bon !

Je retenais mon souffle tout en essayant de maîtriser le tremblement de mes jambes.

Soudain, l'endroit fut inondé d'une vive lumière. Je fermai les yeux. Lorsque je les rouvris, je découvris M. Farraday qui nous adressait un splendide sourire.

Nous nous trouvions dans une grande pièce ronde éclairée à présent par des projecteurs, avec des ani-

mateurs et des gardes. Ils étaient assis sur des chaises pliantes… et firent éclater un tonnerre d'applaudissements. Mes amis, mon frère et moi, stupéfaits, les regardions, bouche bée.
M. Farraday applaudit à son tour.
– C'était merveilleux ! déclara-t-il.
Je secouai la tête comme pour me réveiller. J'étais trop surpris pour pouvoir prononcer la moindre parole.
– Les jeunes, vous avez été parfaits ! ajouta le réalisateur en accourant vers nous. Vous aviez tous l'air si terrifié !
Les animateurs et les gardes nous gratifièrent d'une nouvelle salve d'applaudissements.
M. Farraday se tourna vers Alonso, qui s'appuyait contre le mur du fond.
– Tu peux arrêter les caméras.
Puis il se tourna de nouveau vers nous.
– Accordons des remerciements spéciaux aux deux acteurs qui tenaient les rôles de Jack et de Chris ! s'exclama-t-il.
– Quoi ? Des acteurs ? m'écriai-je, encore plus décontenancé.
Les applaudissements redoublèrent.
Jack et Chris s'inclinèrent pour saluer l'assemblée.
– Magnifique boulot, les garçons ! les félicita M. Farraday. Vous avez vraiment trompé tout le monde. Personne n'a deviné que vous travailliez pour moi.
J'agrippai le bras de Jack :
– Tu es un acteur ?

Il acquiesça d'un signe de la tête en m'adressant un large sourire.

– Et aucune de toutes ces mésaventures n'était vraie ? demandai-je. La décharge électrique ? La nourriture empoisonnée ?

Son sourire s'élargit encore :

– Tu as tout compris, Andrew.

– La créature du lac ? m'écriai-je. Celle qui avait ton visage ?

– C'était simplement un costume. Je t'attendais à côté de la plate-forme flottante.

Il retira la plaquette métallique collée derrière son oreille.

– C'est un écouteur. C'est comme ça que je recevais les instructions de M. Farraday.

– Vous ne vous êtes pas demandé pourquoi toutes les choses les plus terribles nous arrivaient à nous, les occupants de la cabane n° 3 ? demanda l'acteur qui jouait le rôle de Chris. Ce n'est pas par hasard que nous étions dans la cabane des fortes têtes !

– Je tiens également à remercier Max, qui jouait le rôle de Duffy, poursuivit M. Farraday sous les applaudissements. Et un merci spécial à Margo, qui interprétait la mère de Jack. Super boulot dans les sables mouvants, Margo !

M. Farraday se tourna vers le fond de la pièce :

– Merci aussi à mon frère Ned, qui a eu la redoutable tâche de jouer Alonso.

Alonso – Ned – salua le public qui l'acclamait.

– Qu'est-ce que c'est que cette histoire ? m'écriai-

je, fou de rage. Pourquoi avez-vous fait ça ?
M. Farraday traversa la pièce. Il entoura de ses bras mes épaules et celles d'Elizabeth.
– Vous êtes dans mon nouveau film, annonça-t-il. Mon premier documentaire.
– Mais… mais…, bégaya Tyler.
Le réalisateur poursuivit.
– Vous avez sans doute vu les caméras dispersées dans la colo. Je voulais fixer sur pellicule des visages vraiment terrifiés. Il me fallait de la terreur réelle, pas celle montrée dans les films. Je voulais tout faire pour vous rendre fous de frayeur. Je voulais que ça sonne juste ! Et ça a parfaitement marché. Vous avez été fantastiques !
Je repoussai son bras et me tournai pour le regarder bien en face. La colère qui m'avait peu à peu envahi explosa brusquement.
– Tout cela était donc faux ? demandai-je, furieux. Vous nous avez fait aussi peur… juste pour les besoins d'un film ? Rien de tout ça n'était donc vrai ?
Le sourire de M. Farraday disparut. Il frotta sa barbe :
– Eh bien, en fait, Andrew, certaines des choses qui se sont passées ici étaient bien vraies.
– Quoi ? demandai-je, hors de moi. Qu'y avait-il de vrai ?
– Ce n'est pas important, répondit-il brusquement. L'essentiel est que j'ai réussi à capturer votre peur. Vous allez devenir célèbres !
– Mais ce n'est pas honnête ! insista Elizabeth. Vous auriez dû nous avertir !

Tyler et Meredith approuvèrent. Nous protestâmes tous les quatre de concert.

M. Farraday nous fit signe de nous taire :

– Calmez-vous. À présent, vous pouvez vous détendre et profiter de la colo. Amusez-vous. Vous l'avez bien mérité.

Tyler, Meredith, Elizabeth et moi nous précipitâmes à l'extérieur pour regagner nos cabanes. Nous enfilâmes nos maillots de bain pour une grande baignade dans le lac.

La colo me semblait totalement différente à présent. Les Sables mouvants… la Caverne sans retour… la Forêt hantée… Plus rien ne me paraissait effrayant maintenant que le secret était dévoilé. Nous étions sur une sorte de plateau de cinéma. M. Farraday avait organisé une gigantesque mascarade pour filmer notre peur.

– Je suis toujours très en colère, dis-je aux autres tandis que nous nous reposions sur la plage. Ce gars qui jouait le rôle de Jack a bien failli me noyer.

– Moi aussi, je suis furieuse, ajouta Meredith. C'était malhonnête de leur part. Nous étions venus ici pour nous amuser.

Tyler s'enroula dans une serviette de plage. Il tremblait encore :

– C'était trop effrayant. On ne nous a pas laissé une seule chance.

– Nous devons protester, dis-je finalement. Personne n'avait le droit de nous faire peur à ce point. Ils ont dépassé les bornes. Il faut faire savoir ce qu'on a subi.

Les autres m'acclamèrent. Une ombre glissa sur nous. Je me retournai et vis Ned, le frère de M. Faraday, qui nous observait depuis un bloc de rochers. Avait-il entendu ce que j'avais dit ? Un frisson courut le long de ma colonne vertébrale. Ses étranges yeux gris me fixaient. Sa cicatrice frémissait.
« La terreur est terminée, pensai-je. Alors pourquoi nous regarde-t-il de cette manière ? »

27

Après le déjeuner, nous nous amusâmes tout l'après-midi. Nous fîmes des tours de kart sur la piste parsemée de cailloux, hurlant à pleins poumons à chaque fois que nous roulions sur une bosse.

Nous remontâmes sur le Tourbillon des hurlements ; nous essayâmes de faire de la planche à voile et achevâmes la journée par une nouvelle partie de baignade. Enfin, nous regagnâmes nos cabanes pour nous changer avant le dîner.

Tout le monde avait déjà commencé à dîner lorsque je pénétrai dans le réfectoire. Quelques-uns levèrent la tête pour me regarder passer. D'autres m'applaudirent. L'histoire des « heureux élus » de la cabane n° 3 s'était répandue à travers le campement. J'attrapai une assiette et me dirigeai vers la file d'attente pour chercher mes hot dogs. Jack et Chris n'occupaient pas leurs places habituelles. M. Farraday leur avait probablement donné leur salaire et ils avaient quitté la colonie.

Le réalisateur m'adressa un signe de la main depuis la table principale. Il était assis avec des animateurs et son frère Ned.

Je pris un siège près de Meredith. Elle parlait avec une des filles qui partageaient sa cabane. Après avoir terminé mon deuxième hot dog, je me levai brusquement.

– Où est passé mon frère ? m'écriai-je.

M. Farraday se tourna vers moi :

– Il y a un problème, Andrew ?

– Mon frère m'avait dit qu'il mourait de faim, répondis-je. Et il n'est pas ici !

– Peut-être est-il encore dans votre cabane ? suggéra Ned.

Je me dirigeai vers la porte :

– Je vais aller vérifier. C'est trop bizarre !

– Euh… Ne t'inquiète pas. Je viens avec toi, proposa M. Farraday.

Il se précipita à travers la pièce pour me rejoindre. Nous nous rendîmes à la cabane et trouvâmes la porte grande ouverte.

– Oh nooon ! laissai-je échapper.

La cabane avait été saccagée. Les draps et les couvertures avaient été arrachés des lits et roulés en boule sur le sol. L'une des armoires avait été renversée et les vêtements dépassaient des tiroirs ouverts. Les rideaux avaient été troués. M. Farraday poussa un cri de surprise et se prit le visage entre les mains.

– On… on dirait qu'il y a eu une bagarre ! m'exclamai-je d'une voix tremblante.

– Ne t'affole pas, me rassura M. Farraday. Tout va bien. Je…

– Oh, non !

Je m'engouffrai dans la pièce et ramassai un objet sous le lit. Je le brandis devant moi pour le montrer à M. Farraday.

– C'est la montre de mon frère ! criai-je, terrorisé. Il… il ne l'enlève jamais !

– Je… je n'y comprends rien, bégaya M. Farraday. Ce n'était pas prévu. Le tournage de mon film est terminé.

– Alors, où est mon frère ? hurlai-je.

28

M. Farraday avala sa salive avec difficulté.

– J'ignore qui a fait ça, murmura-t-il. Nous allons former des petits groupes et partir à sa recherche. Il ne doit pas être très loin d'ici.

Il souffla dans son sifflet. Plusieurs animateurs arrivèrent en courant de la cantine. Ils venaient de redistribuer les chaussures. L'un d'eux me tendit ma paire de baskets.

– Peut-être que Tyler s'est baladé jusqu'à la Fosse aux sables mouvants, suggérai-je d'une toute petite voix.

M. Farraday secoua la tête :

– Ce ne sont pas de vrais sables mouvants. C'est juste un tas de sable.

Il se tourna vers les animateurs :

– Explorez tout le camp pour retrouver Tyler !

Mais avant qu'ils aient pu faire un geste, Meredith apparut, les cheveux en bataille, les traits du visage déformés par la peur.

– Ma sœur a disparu, elle aussi ! gémit-elle. Elle n'est pas dans notre cabane. Je ne l'ai pas revue depuis que nous avons quitté la plage !
M. Farraday posa la main sur son épaule secouée de tremblements :
– Calme-toi. Je parie que Tyler et Elizabeth sont tous les deux sur la plage.
Le réalisateur essayait de paraître serein. Mais je voyais la peur transparaître dans son regard. Sa lèvre supérieure était agitée de tremblements.
Il descendit jusqu'à la plage en courant, talonné par Meredith et moi. Le camp était plongé dans la pénombre. La brise faisait chanter l'herbe. Nous aperçûmes enfin la plage : elle était déserte. Meredith laissa échapper un sanglot.
– Il commence à faire sombre, dit le réalisateur. On n'y voit rien.
Meredith l'interrompit.
– Regardez, hurla-t-elle en se penchant pour ramasser quelque chose sur le sable. C'est le maillot de bain d'Elizabeth !
M. Farraday resta bouche bée.
– Où est-elle ? s'écria Meredith en agitant le maillot dans les airs.
Nous tournâmes nos regards vers la surface miroitante du lac.
– C'est impossible, gémit M. Farraday en secouant la tête.
Il prit une profonde inspiration :
– Retournons dans le bâtiment principal. Peut-être

que quelqu'un a vu Tyler et Elizabeth. De toutes les façons, je vais appeler la police.

Soudain, au détour du chemin, j'aperçus que le Tourbillon des hurlements était en marche.

Les nacelles tournoyaient lentement.

– Qui a mis ce manège en route ? s'écria le réalisateur. Que se passe-t-il ici ?

– Tyler est là ! hurlai-je en désignant une silhouette. Regardez !

M. Farraday saisit le levier de commande et le tira vers lui. Les nacelles ralentirent peu à peu.

Nous nous approchâmes de la nacelle.

– Tyler ? appelai-je.

Non. Ce n'était pas lui. Ce n'étaient que ses vêtements entassés sur le siège.

29

M. Farraday s'éloigna du manège en titubant. Meredith l'attrapa par le bras et le secoua vigoureusement.

– Arrêtez ! hurla-t-elle. Vous essayez encore une fois de nous faire peur, c'est ça !

– Mais non ! Pas du tout ! insista M. Farraday en se dégageant. Mon film est terminé, je vous le jure !

– Que comptez-vous faire à présent ? demandai-je.

Le réalisateur s'élança vers le bâtiment principal :

– Je vais appeler la police.

Nous le suivîmes jusqu'à la cabane en rondins. Le dîner était terminé. Tout le monde regardait *La nuit des hannetons*, un film de R.B. Farraday ; un film d'horreur, évidemment.

Nous entrâmes tous les trois dans le bureau de M. Farraday.

– Asseyez-vous, les enfants, dit-il en approchant deux chaises de son bureau. Je suis certain que la police va nous aider.

Il saisit l'écouteur du téléphone et l'approcha de son oreille.
– Hé ! s'exclama-t-il.
Il regarda le combiné, puis appuya sur plusieurs touches de l'appareil et écouta à nouveau. Il leva alors les yeux vers nous, tremblant de tout son corps.
– Il n'y a pas de tonalité, dit-il d'une voix étranglée avant de s'effondrer dans son fauteuil.

30

– Essayez un autre téléphone ! criai-je. Faites quelque chose ! Nous avons besoin d'aide !

Soudain deux animateurs firent irruption dans le bureau.

– Je crois que nous les avons retrouvés ! cria l'un d'eux, à bout de souffle.

– Où ça ? demandai-je

– Nous avons entendu des voix, répondit le second animateur. Au fond de la Caverne sans retour.

– Mais c'est impossible ! s'exclama M. Farraday. Comment ont-ils fait pour descendre là-dedans ?

– Nous devons les sortir de là ! m'écriai-je.

À cet instant, Ned entra dans la pièce.

– Que se passe-t-il ? demanda-t-il à son frère.

– Prends des torches électriques, répondit M. Farraday. Nous allons à la caverne.

Quelques minutes plus tard, nous courions au milieu des arbres, la lumière de nos torches dansant sur le sol devant nous. La Caverne sans retour était creusée dans une paroi rocheuse, cachée au plus profond des bois. Nous devions nous frayer un chemin au milieu d'un enchevêtrement de branches et d'herbes hautes. Des animaux fuyaient sur notre passage. Finalement la caverne se dressa face à nous. Nous tombâmes à genoux devant l'entrée.

M. Farraday eut un moment d'hésitation :

– C'est trop dangereux. Nous ne devrions pas y aller.

– Dangereux ? s'écria Meredith. Mais ça m'est complètement égal ! Ma sœur est dans cette caverne ! Nous devons aller la chercher !

– Tu ne comprends pas..., commença Ned.

Je m'approchai de l'ouverture :

– Je pars chercher Tyler !

– Non ! Attends..., insista M. Farraday.

Trop tard. Je glissai dans l'obscurité et fis une culbute sur un chemin en pente raide. Je m'affalai après quelques instants sur le sol. Le bruit de ma respiration se répercutait contre les parois de pierre.

Quelques secondes plus tard, j'aperçus les cercles de lumière. Ned, Meredith et M. Farraday me rejoignaient.

– Tyler ? Elizabeth ? Êtes-vous là ? criaient-ils.

31

Tout près de nous, j'entendis un faible gémissement. M. Farraday sursauta. C'est alors qu'un cri étrange retentit.

– Qui est là ? insista le réalisateur, la voix tremblante. Répondez !

Soudain des lumières s'allumèrent au-dessus de nous. Éblouis par leur éclat, nous clignâmes des yeux avant de pouvoir distinguer quelque chose.

– Surprise !

Tyler et Elizabeth se tenaient contre la paroi, tous deux vêtus de jeans et de sweat-shirts de la colo. Ils éclatèrent de rire. Meredith et moi les imitâmes.

M. Farraday et Ned se raidirent. Ils avaient l'air profondément choqués.

– Nous vous avons rendu la monnaie de votre pièce ! s'exclama Meredith en frappant sa main dans celle de sa sœur.

– Vous voulez dire que vous avez mis en scène toute

cette histoire ? s'écria M. Farraday. Elizabeth et Tyler n'avaient pas disparu ?
– Tout cela était... de la comédie ? demanda Ned d'une toute petite voix.
Nous nous mîmes à rire de plus belle. Quelle fantastique revanche !
– Eh oui, nous avons mis au point ce scénario. Maintenant vous aussi savez ce que c'est qu'être *réellement* terrifié ! leur dis-je.
– Dommage que nous n'ayons pas eu de caméra à notre disposition ! cria Elizabeth. Nous aurions pu faire notre propre film sur la terreur !
Nous ne pouvions plus nous arrêter de rire et de nous féliciter. Nous étions si contents que notre plan ait fonctionné !
– Nous avons effrayé l'homme le plus effrayant de la terre ! lançai-je en jubilant.
Je remarquai alors l'expression inquiète qui se lisait sur les visages des deux hommes. M. Farraday avait la tête inclinée sur le côté comme s'il essayait d'entendre quelque chose.
– M. Farraday ? lui dis-je
– Chut ! m'ordonna-t-il, un doigt posé sur les lèvres. Écoutez...
L'agitation retomba et nous tendîmes l'oreille. Un faible bourdonnement semblait s'approcher puis s'éloigner.
– Qu'est-ce que c'est ? demandai-je
Le réalisateur restait silencieux. Le bruit s'amplifiait, puis se calmait comme une sorte de sirène.

Tyler, Meredith et Elizabeth se serrèrent ensemble. Farraday caressa sa barbe, l'air préoccupé. Il ferma les yeux.

– Vous vous souvenez de ce que je vous ai dit à propos de certaines choses vraies dans cette colo ? nous dit-il dans un murmure.

Je devais faire des efforts pour parvenir à l'entendre à travers le bourdonnement.

– En fait, cette caverne est un nid de guêpes géant, poursuivit-il.

Je courus aussitôt vers la sortie.

– Sortons d'ici ! hurla Meredith.

– C'est impossible, dit froidement M. Farraday. La pente est beaucoup trop raide.

– C'est la Caverne sans retour, renchérit Ned. Nous sommes coincés ici avec ces insectes jusqu'à ce que quelqu'un vienne à notre secours, ce qui est peu probable !

Le bourdonnement s'amplifiait, toujours plus inquiétant.

– Le temps du cinéma est terminé à présent, dit calmement M. Farraday. Nous allons affronter la véritable terreur.

– Nous devons sortir d'ici ! protestai-je. Nous ne pouvons pas attendre sans rien faire !

Je devais hurler pour couvrir le bruit de l'essaim de guêpes. Les jambes tremblantes, je fis un pas en arrière pour m'éloigner du danger. En reculant, je trébuchai sur quelque chose. Je m'écroulai en poussant un cri de surprise. En me mettant à quatre pattes

pour me relever, je découvris ce qui m'avait fait tomber : un haut-parleur.
J'approchai mon oreille de l'appareil et entendis… un bourdonnement.
Un enregistrement ! Tout cela n'était qu'une nouvelle mise en scène !
Le cœur cognant toujours, je me tournai vers M. Farraday. Il m'adressa un sourire de triomphe.
– Alors, est-ce que vous vous amusez bien à la Colo de l'Épouvante ? demanda-t-il en jubilant. Quelle chance… il vous reste encore deux merveilleuses semaines à passer ici !

FIN

EXTRAIT

Et pour avoir
encore la

Chair de poule®

lis
ces quelques pages de

LE JUMEAU DIABOLIQUE

EXTRAIT

– Ça y est, on est arrivé ! dit Oncle Léo en garant sa voiture.

Devant moi se dressait une grande maison en brique rouge, assez mal entretenue. Mon oncle coupa le moteur.

– Rien n'a changé depuis notre enfance ! s'exclama ma mère. L'herbe a poussé et les haies sont plus hautes, mais c'est tout !

– Que veux-tu ! répondit Oncle Léo. Je ne m'occupe guère du jardin. Je passe tout mon temps dans mon laboratoire.

Me fixant à travers ses épaisses lunettes, il ajouta :

– J'espère que tu te sentiras bien ici, Montgomery.

Après les vacances, j'allais passer une année en sa compagnie ; je ne savais pas si je devais m'en réjouir.

Je m'appelle Montgomery Adams. Ma mère est per-

suadée que Montgomery est un prénom parfait pour un garçon. « D'ailleurs, c'est ton père qui l'a choisi », me rappelle-t-elle régulièrement. Mon père est mort un mois avant ma naissance. « Et puis, c'est élégant », ajoute-t-elle.
Moi, je me fiche bien d'être élégant. Ce que je veux, c'est être normal. J'ai assez de problèmes comme ça avec ma maigreur, mes cheveux roux et mon nez trop grand. Je me serais bien passé d'un prénom aussi démodé que Montgomery.

Je n'avais pas revu mon oncle depuis six ans. En nous accueillant à l'aéroport, ma mère et moi, il m'avait dit d'une voix grave et traînante :
– Tu dois être Montgomery.
C'est tout.
– Oui, avais-je répondu. Tout le monde m'appelle Monty.
Mais il continuait à m'appeler Montgomery.

Il descendit de voiture et se dirigea vers le perron. Je le suivis, avec maman.
– Regarde, Monty, me dit-elle en désignant un vieux prunier. C'est là qu'on accrochait notre balançoire. Léo a sans doute une corde quelque part. Tu pourras en construire une nouvelle… Je suis sûre que tu vas beaucoup te plaire ici !

Je regardai le prunier d'un œil soupçonneux.
– Il a l'air mort, ton arbre ! commentai-je. Aussi mort que cette bicoque.
– Ne sois pas si négatif, Monty, me reprocha ma mère. C'est un peu une aventure que tu vas vivre !
Une aventure ! Ça, c'était la meilleure !
Ma mère est zoologiste. Elle travaille à l'université. Elle venait d'obtenir une bourse pour aller étudier les orangs-outans de la forêt de Bornéo. Elle allait partir en octobre pour un an. L'aventure, c'est elle qui la vivrait, pas moi !
Mais je n'étais pas jaloux. En fait, je déteste l'aventure. Tout ce que je veux, c'est une vie normale. Avec ma mère, en pleine jungle, ça risquait d'être difficile. Et puis, je ne pouvais pas manquer le collège… Il avait donc été convenu que je passerais l'année chez son frère – mon oncle Léo.
Je n'avais rien contre. Le seul problème, c'est que mon oncle – le professeur Léo Matz – n'est pas un être normal. Il est chercheur ; je n'ai jamais très bien su dans quel domaine. Il ne quitte pour ainsi dire jamais son laboratoire, sauf pour manger et dormir. Il vit dans cette immense maison à moitié délabrée, à Mortonville, au sud de Philadelphie.
Et il s'obstine à m'appeler Montgomery.
– Quel dommage que Nane soit partie ! observa ma mère en entrant.

– Tu l'as dit ! maugréai-je.
La maison d'Oncle Léo m'aurait paru plus accueillante si Nane avait été là. C'est ma cousine, la fille d'Oncle Léo. Elle est vraiment très chouette – tout le contraire de son père. Elle passe presque tous ses étés avec nous, en Californie, pendant que son père parcourt le monde pour exposer les résultats de ses mystérieuses recherches.
Nane et moi avons un tas de choses en commun. Nous sommes nés le même jour. L'un et l'autre, nous vivons seuls, moi avec ma mère, elle avec son père – la mère de Nane est morte à sa naissance – et nous jouons tous les deux du piano.
Elle est meilleure en sport que moi, mais ne s'en vante jamais. Et puis elle est drôle. Nous aimons le même type de blagues.
– Nane est en camp de vacances musicales jusqu'en août, précisa Oncle Léo. Il paraît que, toi aussi, tu es un bon pianiste, Montgomery.
Nous pénétrâmes dans le salon, une pièce immense, au papier peint jauni et aux meubles d'un autre âge. Une étrange odeur y flottait – un mélange de moisi et de produits chimiques. Je fis la grimace.
– À quoi travailles-tu en ce moment, Léo ? demanda ma mère en s'asseyant dans un fauteuil. Une nouvelle découverte révolutionnaire ?
Mon oncle eut l'air mal à l'aise.

– Oh, la routine..., marmonna-t-il.
– Décidément, tu fais toujours autant de mystères autour de tes recherches, se moqua ma mère. Tu as tout du savant fou !
Ma mère n'avait pas tort. Avec sa tignasse en bataille, son visage osseux et ses grosses lunettes, mon oncle ressemblait effectivement à un savant fou comme on en voit dans les bandes dessinées. Je l'imaginais parfaitement, penché au-dessus d'une éprouvette fumante, avec un rictus diabolique, en train de se frotter les mains.
Soudain, un craquement sinistre retentit quelque part dans la maison. Je sursautai :
– Qu'est-ce que c'est ?
– Rien, rien, s'empressa de répondre mon oncle. Ce sont les poutres qui travaillent. C'est fréquent dans les vieilles maisons.
Je notai qu'il avait l'air embarrassé.
– Ce sont peut-être « les autres », suggéra ma mère. Tu te souviens, Léo ? Quand on était petits, on imaginait qu'une famille entière vivait cachée dans le grenier !
– Toi, tu as peut-être imaginé ça, grommela mon oncle. Pas moi...
Je me laissai tomber sur le canapé en soupirant. Un savant fou dans une maison hantée... L'année promettait d'être longue.

EXTRAIT

J'eus du mal à trouver le sommeil cette nuit-là. La maison craquait de partout. Certains bruits ressemblaient même à des voix humaines. J'entendais des gémissements, des grognements… Je finis par m'endormir. Mais pas pour longtemps.

Quelque chose m'éveilla en sursaut. J'ouvris les yeux et regardai autour de moi. Je n'étais plus dans ma chambre ! J'étais allongé sur une table d'opération, dans une sorte de salle d'examen.

Mon cœur se mit à battre à grands coups.

Un homme au long visage osseux se pencha sur moi. Il portait une tenue de chirurgien. Je ne distinguais pas ses traits, car une vive lumière m'aveuglait. Soudain, je vis quelque chose briller dans sa main. Un instrument en métal, long et fin. Mes yeux s'agrandirent d'horreur. Un scalpel !

J'essayai de me redresser. Impossible. Je voulus hurler, mais aucun son ne sortit de ma bouche.

– Ne bouge pas, dit l'homme d'une voix sourde, presque artificielle.

Ce n'était pas possible ! C'était un cauchemar !

« Mais oui, me dis-je, c'est ça. C'est un cauchemar ! Je rêve, c'est tout. Et c'est pourquoi je n'arrive ni à bouger, ni à parler. C'est un rêve, rien de plus… »

Mon cœur retrouva peu à peu son rythme habituel. L'étrange chirurgien approcha son scalpel de mon oreille, s'apprêtant à fendre ma peau…

EXTRAIT

– Non ! hurlai-je. Nooooon !

Mes membres m'obéissaient à nouveau. Je me redressai d'un bond, haletant et trempé de sueur.

Je regardai autour de moi. J'étais dans ma chambre. Une des nombreuses chambres d'amis de la maison d'Oncle Léo. L'homme au scalpel avait disparu.

La porte s'ouvrit en coup de vent.

– Monty ! s'écria ma mère. Ça va ? Je t'ai entendu crier.

– Je crois que j'ai rêvé, maman, réussis-je à articuler. Désolé de t'avoir réveillée.

– Ce n'est rien, mon chéri. Rendors-toi vite.

Je me rallongeai et fixai des yeux le plafond, attendant de retrouver mon calme.

Il me fallut une bonne heure pour me rendormir.

EXTRAIT

Après cette brève visite à Mortonville, je passai le reste de l'été chez nous, avec ma mère. En octobre, elle partit pour Bornéo. Oncle Léo vint me chercher à l'aéroport. Il portait la même chemise et le même pantalon qu'avant les vacances. À croire qu'il n'avait que ceux-là.

Le temps était clair, un peu frais. Les feuilles des arbres commençaient à changer de couleur. Les rues de Mortonville avaient du charme. Mais je ne me sentais guère à l'aise.

Mon oncle se gara devant sa maison. La porte d'entrée s'ouvrit à la volée et Nane courut à notre rencontre.

– Salut, Monty ! s'écria-t-elle. Te voilà enfin ! Comment ça va ? Tante Rebecca est partie ? Tu n'aurais pas aimé l'accompagner à Bornéo… ?

Nane était aussi grande et maigre que moi. Elle portait un jean trop large et un sweat-shirt bleu. Ses cheveux, un peu moins roux que les miens ou ceux de son père, tombaient sur ses épaules. Ses yeux verts en amande pétillaient de joie.

– Salut ! réussis-je à placer entre deux flots de paroles.

– Viens vite ! me pressa-t-elle. Papa t'a fait visiter la maison, en juillet ? Je parie que non. Il oublie toujours ce genre de truc. Tu vas voir : c'est super, ici ! Tu vas adorer.

Oncle Léo nous rejoignit dans le salon. Il se racla la gorge.
– Montgomery, j'ai un petit cadeau de bienvenue pour toi, annonça-t-il.
Je me tournai vers lui, surpris. Je ne l'avais pas imaginé aussi attentionné. Il mit sa main dans sa poche pour en extraire un petit objet en métal, qu'il me tendit.
En regardant de plus près, je vis qu'il s'agissait d'une broche en forme d'étoile. En la faisant bouger, on voyait s'y refléter les couleurs de l'arc-en-ciel.
– Ouah ! m'exclamai-je. Qu'est-ce que c'est ?
– C'est une invention de papa, m'expliqua Nane avec fierté, un nouveau métal phosphorescent. Un peu comme ce qu'on colle sur son casque ou son cadre de vélo pour être vu la nuit. Papa m'a fabriqué une paire de boucles d'oreilles en forme de demi-lune avec ça. C'est génial, non ?
J'approuvai de la tête.
– J'ai un tas de projets intéressants en ce moment, Montgomery, dit mon oncle en me dévisageant à travers les verres épais de ses lunettes. Dommage que je ne puisse pas tout vous raconter.
Il continuait à me regarder fixement, et je me sentis rougir.
« On dirait qu'il ne m'a jamais vu ! » pensai-je.
Enfin, il se ressaisit.

– Laisse-moi te l'épingler, proposa-t-il.
Il s'approcha de moi et pinça le tissu de mon T-shirt. Ses mains tremblaient.
– Ça ira, dis-je, inquiet, en tendant la main vers la broche. Je vais l'accrocher moi-m… Aïe !
Une vive douleur transperça mon index. Oncle Léo venait de me piquer : c'était à se demander s'il ne l'avait pas fait exprès ! Une goutte de sang perla, puis coula le long de mon doigt.
– Oh, je suis désolé, Montgomery ! s'exclama mon oncle en sortant un mouchoir de sa poche. Je t'ai fait mal. Quel maladroit je suis !
Il essuya le sang et rangea le mouchoir.
– Ce n'est pas grave, murmurai-je en examinant mon doigt meurtri. Ce sont des choses qui arrivent. En tout cas, merci pour la broche. Elle est vraiment géniale.
– T'en fais pas, papa, il survivra, ajouta Nane, un peu moqueuse. Allons dans la cuisine. Je suis sûre que tu meurs de faim, Monty.
– Euh… oui, bredouillai-je.
– Une nouvelle boulangerie vient d'ouvrir à deux pas d'ici, annonça ma cousine. Elle fait les meilleurs beignets de la ville. Trois fournées par jour ! Ils sont encore chauds quand on les rapporte à la maison !
Elle ouvrit un sac en papier posé sur la table. Une délicieuse odeur de cannelle envahit l'atmosphère,

EXTRAIT

me mettant l'eau à la bouche. Le petit déjeuner dans l'avion me paraissait bien loin.

– Que diriez-vous d'un peu de cidre pour les accompagner ? suggéra mon oncle.

– Bonne idée, répondis-je en m'asseyant à table.

Oncle Léo était peut-être un peu étrange, mais au moins il aimait les bonnes choses.

Nane me tendit un beignet dans lequel je mordis à pleines dents. Il était absolument succulent, encore un peu tiède à l'intérieur. Le sucre et la cannelle crissèrent sous mes dents. Je l'avalai en trois bouchées et bus une grande gorgée de cidre.

J'inspectai des yeux la cuisine. Elle était grande et accueillante, avec son carrelage vert et blanc et ses rideaux jaunes aux fenêtres.

« Finalement, quand Nane est là, c'est plutôt bien, ici ! » me dis-je en prenant un deuxième beignet.

Au même moment, un malaise me saisit. Des gouttes de sueur perlèrent à mon front. Je me mis à trembler, ma gorge se noua. Je respirais avec difficulté. Mes oreilles bourdonnaient.

Que m'arrivait-il ?

Chair de poule®

1. La malédiction de la momie
2. La nuit des pantins
3. Dangereuses photos
4. Prisonniers du miroir
5. Méfiez-vous des abeilles
6. La maison des morts
7. Baignade interdite
8. Le fantôme de la plage
9. Les épouvantails de minuit
10. La colo de la peur (ancien titre : *Bienvenue au camp de la peur*)
11. Le masque hanté
12. Le fantôme de l'auditorium
13. Le loup-garou des marécages
14. Le pantin maléfique
15. L'attaque du mutant
16. Le fantôme d'à côté
17. Sous-sol interdit
18. La tour de la Terreur
19. Leçons de piano et pièges mortels
20. Souhaits dangereux
21. Terreur sous l'évier
22. La colère de la momie
23. Le retour du masque hanté
24. L'horloge maudite
25. Le parc de l'Horreur
26. La fille qui criait au monstre
27. Comment ma tête a rétréci
28. La rue maudite
29. Le fantôme décapité
30. Alerte aux chiens
31. Photos de malheur
32. Les fantômes de la colo
33. La menace de la forêt
34. Comment tuer un monstre
35. Le coup du lapin
36. Jeux de monstre
37. Nuits de cauchemar
38. Des appels monstrueux
39. Le souffle du vampire
40. Les vers contre-attaquent
41. Le mangeur d'hommes
42. La colo de tous les dangers
43. Sang de monstre
44. Abominables bonshommes de neige
45. Danger, chat méchant !
46. La bête de la cave
47. L'école hantée
48. Sang de monstre II
49. Terrible internat
50. La peau du loup-garou
51. Le jumeau diabolique
52. Film d'horreur

Impression réalisée sur CAMERON
par BRODARD ET TAUPIN
La Flèche
en mai 1999

Imprimé en France
Dépôt légal : juin 1999
N° d'Éditeur : 4594 – N° d'impression : 1175W